OEUVRES

DE

JACQUES DELILLE.

Là quelque fois plaintive et désolée,
Pour me charmer encor, dans mon triste séjour,
Tu viendras visiter, au déclin d'un beau jour,
Mon poétique mausolée.

Lemercier inv.   P. Baquoy sculp.

ŒUVRES

DE

JACQUES DELILLE.

DIX-SEPTIÈME VOLUME,

CONTENANT

LES OEUVRES POSTHUMES

EN PROSE ET EN VERS,

SUIVIES

D'UNE TABLE GÉNÉRALE DES MATIÈRES.

A PARIS,

CHEZ L. G. MICHAUD, LIBRAIRE,

RUE DE CLÉRY, N°. 13.

M. DCCC. XX.

AVIS DE L'ÉDITEUR.

————

TANT que Delille vécut, il avoit à peine mis au jour un de ses immortels ouvrages, que les lecteurs se demandoient déjà de quel nouveau chef-d'œuvre il alloit enrichir notre littérature. On a cru, avec quelque raison, que c'étoit de lui que Gilbert disoit, en 1775 :

> Son chef-d'œuvre est toujours l'écrit qui doit éclore;
> On récite déjà les vers qu'il fait encore.

Et cette assertion qui , dans la bouche du satirique , ne pouvoit être considérée que comme une exagération ironique, étoit cependant dès-lors rigoureusement vraie.

Depuis cette époque , l'enthousiasme n'a fait que s'accroître jusqu'à la mort de Delille ;

*.

et dans ses dernières années, l'admiration qu'il excitoit alla jusqu'au fanatisme ; il avoit réuni dans ce sentiment les hommes de tous les rangs et de toutes les opinions ; enfin on peut dire avec certitude, que peu de poëtes ont joui pendant leur vie de plus de renommée.

Si cette renommée ne s'est pas accrue après la mort de Delille, il est au moins bien sûr qu'elle a conservé tout son éclat ; et si l'on ne peut plus réciter les vers qu'il fait encore, on se demande au moins souvent si tous ceux qu'il a faits ont vu le jour ; on veut savoir si quelques parties de ses trésors poétiques ne restent pas encore enfouies dans les ténèbres.

Occupés depuis plusieurs années de répondre à un aussi louable empressement, nous sommes enfin parvenus à former un volume qui complète la Collection des OEuvres de Delille que nous avons publiée successivement, et dont il est le DIX-SEPTIÈME.

Ce volume contient :

1°. Un des plus beaux morceaux de prose que l'auteur ait écrits : c'est un *Discours sur l'Éducation,* prononcé en 1766, dans une solennité du collége d'Amiens, où il était alors professeur.

2°. Une *Lettre adressée à l'abbé Barthélemy,* lors de la publication du Voyage d'Anacharsis. Si cette lettre n'est pas un des éloges les plus étendus et les plus étudiés de cette immortelle production, c'est du moins un de ceux qui dûrent le plus flatter l'auteur.

3°. *Ode à M. Molé, premier président, sur la naissance d'un fils.*

Cette pièce, l'une des premières productions de l'auteur, doit être considérée comme inédite, puisque de vingt strophes dont elle est composée, huit seulement ont paru dans le recueil de poésies fugitives qui forme le premier volume de notre Collection. On ne trouvera donc pas mauvais qu'ayant pu

la recueillir toute entière, nous la donnions
dans son intégrité.

4°. *Le Départ d'Eden, poème en un chant.*

Delille venoit de terminer sa belle traduction du Paradis perdu, lorsqu'il composa cet ouvrage. On pourroit le considérer
comme un complément ou une addition faite
au poème anglais, par celui à qui il appar-
tenoit le mieux d'augmenter ou de com-
pléter Milton.

En achevant sa traduction, Delille avoit
exprimé le regret que le poëme anglais ne
finît pas avec les adieux d'Adam et d'Ève au
séjour dans lequel ils ont joui de la présence
de Dieu et de tous ses bienfaits; il avoit dit
en même temps que Milton a donné à Adam
trop de rudesse et trop d'orgueil, tandis
qu'il a paru peu touché des larmes et de la
beauté de sa compagne. Dans le poëme qu'il
a composé, le poëte français peint le caractère des deux époux, comme il le concevoit

lui-même, et tel qu'il eût voulu le voir dans
le poëme anglais. Chez lui, Ève est plus
belle et plus touchante ; Adam l'aime da-
vantage ; il ne la traite pas avec tant de dureté , et elle ne lui est pas moins soumise.
Ces différences sembleroient puisées dans le
caractère des deux nations , si elles ne l'é-
toient pas d'ailleurs également dans celui
des deux poëtes.

5°. La Correspondance de Delille avec
l'une des femmes les plus spirituelles de nos
temps, la princesse Czartorinska , qui dési-
roit que ses magnifiques jardins tinssent une
place dans le poëme de Delille.

6°. *Épître à deux enfants voyageurs.*
Pendant son séjour en Angleterre , Delille
fut témoin de l'éducation que reçurent les
fils de M. Antrobus; et il admira souvent
leur zèle , leurs succès et surtout leur caractère de candeur et de docilité. Au moment
de partir pour un long voyage , ces deux
jeunes Anglais , pleins de respect pour notre

poëte , vinrent lui demander des conseils et des instructions. Delille étoit alors malade ; ils attendirent son rétablissement, et ne voulurent pas s'éloigner sans qu'il leur eût dit lui-même sur quels objets ils devoient diriger leur attention , sans qu'il leur eût indiqué les écueils qu'ils devoient éviter : c'étoit à cela que se bornoient tous leurs vœux. Quelque dignes qu'ils fussent de l'intérêt du poëte , ces deux jeunes Élèves étoient loin de s'attendre à une plus grande faveur. Leur étonnement fut donc extrème lorsqu'ils apprirent que le poëte s'étoit occupé d'eux depuis plusieurs jours , et lorsqu'ils reçurent l'Épître où il avoit réuni tous les objets de leurs vœux. Delille a fait entrer dans ce cadre plusieurs tableaux extrêmement vrais des mœurs de tous les pays, des portraits ingénieux de divers voyageurs, et des peintures aussi neuves que piquantes de leurs travers et de leurs ridicules.

7°. *Ode* sur un Cèdre qui fut planté en

1806, à Clamart-sous-Meudon, dans le jardin de M. Micoud, lorsque Delille habitoit ce beau séjour, où tout concouroit à l'inspirer.

Ce fut là qu'il mit la dernière main à son poëme de l'Imagination, et ce fut aussi là qu'il en composa la Dédicace, ce morceau d'une sensibilité si profonde, où son cœur se montre d'une manière si touchante.

Aussi flattés qu'ils devoient l'être, de recevoir l'illustre poëte dans leur habitation, ses hôtes voulurent consacrer cet événement par quelque circonstance mémorable.

Mme. Micoud, donnant elle-même à son jardin des soins particuliers, cultivoit surtout avec beaucoup de zèle quelques plantes rares, parmi lesquelles on remarquoit un jeune cèdre nouvellement apporté d'Asie. Quel arbre pouvoit être plus propre à témoigner, dans la postérité, que Delille avoit habité dans ces lieux ?

Il fut décidé qu'on planteroit le jeune cèdre solennellement, et que le poëte mettroit le premier la main à cette opération. Un grand nombre d'amis furent convoqués, et, au jour indiqué, Delille ouvrit la fosse où devoit être déposé l'arbre du Liban ; il couvrit lui-même de terre ses racines. C'est de toutes ces circonstances qu'il a composé l'Ode que nous publions aujourd'hui pour la première fois.

L'Allégorie qui se trouve à la suite de cette Ode, fut consacrée par le poëte à peindre les vertus de la même famille. Pour la faire comprendre, il suffit de dire que Mme. Micoud avoit un fils d'une grande espérance.

8º. *Nouvelle Épître sur le luxe.*

Cette seconde Épître sur un sujet que l'auteur avoit déjà traité en 1775, étoit composée depuis long-temps ; cependant elle n'avoit pas encore été publiée ; elle peut être considérée comme la suite de la première : les vers sont de la même mesure ; et, comme dans celle-là, le poëte attaque des vices qui n'existent plus à présent, tandis qu'il en passe sous silence beaucoup d'autres qui leur ont succédé ; enfin , on y voit dans chaque vers les opinions et les mœurs d'une époque que nous ne connoissons plus que par tradition.

Le dernier morceau de poésie qui se trouve dans ce Recueil d'OEuvres posthumes, est une épître que Delille adressa à Saintange , vers la fin de sa carrière , sur sa belle traduction des Métamorphoses.

Le volume est terminé par une table alphabétique des matières , qui complète notre Collection d'une manière extrêmement utile. Les œuvres d'aucun poète n'ont peut-être plus besoin d'une table que celles de Delille; il n'en est point qui ait fait plus de vers ; il n'en est point qui offre , dans ses compositions, un aussi grand nombre de peintures et de descriptions de tous les genres. Ces descriptions sont dans la mémoire de tout le monde, et à chaque instant on a besoin de les consulter et de les citer ; mais souvent on a oublié le chant et même le poëme auquel elles appartiennent.

Enfin, nous avons orné ce volume de deux gravures dont l'une représente le départ d'É-den, et l'autre le tombeau de Delille, tel qu'il a été construit dans le cimetière du Père Lachaise, par la piété conjugale, et tel que l'illustre poëte l'avoit lui-même ordonné dans sa dédicace du poëme de l'Imagination :

. . . . Au bout de cette courte vie,
Ma plus chère espérance, et ma plus douce envie,
    C'est de dormir au bord d'un clair ruisseau,
A l'ombre d'un vieux chêne ou d'un jeune arbrisseau :
Que ce lieu ne soit pas une profane enceinte ;
Que la religion y répande l'eau sainte,
Et que de notre foi le signe glorieux......
. . . .

On voit que tout ce qu'avoit prescrit le poëte a été religieusement exécuté par les soins de Madame Delille, qui, elle seule, a voulu faire tous les frais de ce monument. Le ruisseau est l'unique objet qui manque aux vœux du poëte, la nature du sol y a mis des obstacles insurmontables.

DISCOURS

SUR L'ÉDUCATION,

Prononcé à la distribution des prix du Collége
d'Amiens, en 1766.

———

Jamais peut-être on n'a parlé si souvent sur
l'éducation qu'on le fait aujourd'hui. Chaque
jour voit éclore sur cette importante matière
quelque nouveau paradoxe. Pour moi, au lieu
d'imaginer un système sur ce sujet, je me con-
tenterai de rappeler les anciens principes ; au
lieu d'inventer des erreurs nouvelles, je me
bornerai à rappeler d'antiques vérités ; et
peut-être mon discours n'en paroîtra que plus
nouveau. Je me propose donc de faire valoir

2.

les avantages d'une éducation mâle et solide ; et les dangers d'une éducation superficielle et efféminée. Quel sujet pourrait mieux convenir, et aux auditeurs, je parle devant des pères et des mères de ce qui doit faire le bonheur de leurs enfants ; et à l'orateur, il est chargé par la confiance publique de ces gages précieux ; et au lieu de l'assemblée, je parle dans l'asile même de l'éducation ; et à la ville entière, elle est consacrée à l'utile profession du commerce ? Et quelle profession a plus besoin de cette éducation sévère, que celle qui est fondée sur une féconde économie, qui de tous temps a été l'amie de la simplicité des mœurs, et qui, en répandant le luxe dans les états, le redoute pour elle-même ?

Dans un sujet si noble, je n'aurais point eu recours à ces divisions, dont la symétrie puérile semble moins imaginée pour soulager l'esprit de ceux qui écoutent, que pour étayer la foiblesse de celui qui parle, si ce sujet même ne m'en eût fourni une toute naturelle ; mais puisque l'éducation a trois objets, le corps, l'esprit, le cœur, je suivrai ce partage nécessaire. Quelques personnes pourront trouver, dans les maximes de ce Discours, un excès de sévérité; mais à Dieu ne plaise que, pour éviter ce reproche, je manque à mon sujet. J'aime mieux m'entendre accuser d'avoir outré le vrai par zèle, que de m'entendre blâmer de l'avoir dissimulé par foiblesse. D'ailleurs, une réflexion me rassure ; c'est que la vérité, qui dans les cercles et les sociétés particulières paroît si timide, souvent même si déplacée, reprend tout son ascendant et toute son autorité lorsqu'elle trouve les hommes réunis dans une nombreuse et respectable assemblée. Que me reste-t-il donc à désirer, si ce n'est de pouvoir m'exprimer d'une manière digne et de mon sujet et de ceux qui m'entendent ?

PREMIÈRE PARTIE.

Le corps est l'esclave de l'âme ; mais pour rendre cet esclave plus utile, il faut le rendre robuste. Or, cette force de corps, je dis qu'elle ne peut être le fruit que d'une éducation mâle.

Loin des enfants d'abord tous nos mets raf-
finés, tous nos poisons agréables : l'enfance
est l'âge favori de la Nature ; l'art ne viendra
que trop tôt le corrompre. Qu'il donne au corps
nouvellement formé le temps de se fortifier par
l'usage salutaire des mets les plus simples, avant
de l'énerver par la délicatesse recherchée de
nos perfides aliments. Étudiez les premières
sensations des enfans ; tout semble vous dire
que ce vain raffinement du luxe n'est pas fait
pour eux : leur appétit, toujours vif, n'a besoin
d'être réveillé par aucun apprêt ; pour eux, à
moins qu'on n'ait déjà pris soin de corrompre
leur goût, les mets les plus naturels sont aussi
les plus attrayants. Offrez-leur, d'un côté,
les viandes les plus rares ; et, de l'autre, pré-
sentez-leur des fruits : vous devinez aisément
leur choix ; et je suis bien trompé, si le verger
d'un paysan ne les tente beaucoup plus que la
table d'un Crésus. Donnez-leur donc une
nourriture plus naturelle que délicate ; con-
tentez leurs besoins, au lieu de flatter leur goût,
et n'introduisez pas, dans leur sein, le germe
de la mort dès les premiers instants de la vie.

Cette sage sévérité, il faut l'étendre à tout, à leur repos, à leurs exercices, à leurs vêtements. Croyez-vous, dites-moi, qu'il soit bien essentiel pour la santé d'un enfant de le retenir long-temps enfermé dans un lit, étouffé entre des rideaux, au lieu de lui laisser respirer l'air pur et rafraîchissant du matin ? Croit-on qu'il soit nécessaire de l'ensevelir mollement dans la plume, et qu'il faille employer à énerver ses forces, un temps que la nature destine à les réparer ? La mollesse ne produit que la mollesse. Eh ! qu'ont besoin les enfants, eux que le sommeil vient trouver si facilement, de cette ressource faite pour un âge plus foible, ou peut-être plus dépravé ? Voulez-vous leur procurer un sommeil profond ? qu'ils l'appellent par l'exercice : une heure de mouvement leur vaudra huit heures de repos ; et la course la plus légère va changer pour eux le lit le plus dur en un duvet voluptueux. L'exercice ! c'est le père de la santé ; mais sur-tout il est fait pour l'enfance. Et pourquoi, sans cela, les enfants auraient-ils reçu cette inquiétude perpétuelle, cette haine pour le repos, cette ar-

deur pour le mouvement ? Sans doute, il ne
faut pas les livrer sans précaution à cette impé-
tuosité naturelle : je ne veux pas qu'ils jouent
sur le bord d'un abyme ; mais que cette précaution ne soit pas excessive, de peur qu'elle
ne soit funeste. Je souffre quand je vois des
enfants tristement enchaînés au côté de leur
mère, quand je vois ces Catons anticipés, ridiculement graves, regarder du coin de l'œil le
volant ou la balle qui, si les regards maternels
se détournent un instant, va bientôt décon-
certer toute cette décence forcée. On appelle
cela une sagesse précoce ; et moi, je le nomme
une pédanterie ridicule. Eh ! pourquoi donc le
Ciel vous donne-t-il des enfants ? est-ce pour
en faire de jolies statues ? Ah ! rendez-leur la
liberté ; réglez en eux la nature, au lieu de
l'étouffer ! Ils sont faits pour courir, pour
bondir, et non pour partager notre indolence
et notre ennui. Leur teint, peut-être, sera
moins blanc ; mais il aura la couleur vermeille
de la santé. Leur chevelure sera moins artiste-
ment peignée ; mais leur tempérament sera
inaltérable.

Nous sommes si jaloux de leur donner des
grâces ! Mais puisque l'agrément est une chose
si importante à nos yeux, qui ne voit combien
cette éducation forte y contribue ? Les corps
les plus exercés sont aussi les plus agiles. La
véritable élégance des postures dépend de la
fermeté du maintien, et j'aime mieux les atti-
tudes mâles, la souplesse vigoureuse d'un corps
formé par de fréquents exercices, que les arti-
culations efféminées, les courbettes ridicules
de ces machines appelées petits-maîtres, qui,
si j'ose ainsi parler, se meuvent par ressorts
et se disloquent pour plaire. Mais laissons-là
les grâces et revenons à la santé. Combien
d'ennemis conspirent contre elle ? Dès qu'un
enfant voit le jour, voyez comment les saisons
opposées se liguent en quelque sorte pour
combattre sa foible existence ! L'une semble
vouloir fondre ses membres ; l'autre semble
vouloir les glacer. Comment sauver les enfants
de ce double danger ? Est-ce en les y dérobant
avec soin ? non : c'est en les y exposant avec
prudence ? Que signifient tous ces vêtements
dont vous les surchargez ? Ce ne sont pas des

doubles tissus de laine qu'il faut opposer au froid , mais l'habitude de le braver. Pendant l'été , vous ne trouvez pas d'asile assez frais pour dérober vos enfants aux impressions de la chaleur ; autrefois on ne trouvoit pas le soleil trop brûlant pour les y accoutumer : c'est à l'expérience à nous apprendre lequel de ces deux usages est le plus barbare.

L'enfance, dites-vous, est délicate! j'en conviens. Mais ne voyez-vous pas que si elle reçoit facilement les impressions extérieures , elle les endure de même ? La flexibilité du premier âge est pour lui le don le plus heureux de la Nature, si nous savions en tirer parti. Le sort de votre enfant est entre vos mains : susceptible de toutes les formes que vous saurez lui donner, à moins que la Nature ne l'ait condamné en naissant , il dépend de vous de lui donner un corps robuste ou débile. d'en faire une femmelette timide ou un athlète vigoureux. N'oublions jamais qu'il s'agit moins de sauver à cet âge si tendre les incommodités de la vie, que de l'y aguerrir ; songeons que lui trop épargner la douleur pour le présent, c'est l'augmenter pour l'avenir, et qu'enfin c'est accroître sa délicatesse que la trop ménager. Cet arbre, exposé en pleine campagne aux injures de l'air, jette des racines profondes et lève un front inébranlable, tandis que, renfermé soigneusement dans nos serres artificiellement échauffées, le timide arbrisseau est flétri par un souffle.

Vous faut-il des exemples ? Deux enfants ont sucé le même lait, la même nourrice les a portés dans ses bras. L'un, sorti de parents pauvres, né pour acheter par de rudes travaux le droit de vivre, reste dans les champs où il reçut le jour : là, sauvage élève de la Nature, nourri d'un pain grossier, courant à demi-nu, il semble avoir été jeté au hasard sur la terre. L'autre, né d'un père opulent, retourne à la ville, sous les lambris qui l'ont vu naître, où de nombreux domestiques s'empressent autour de lui, où la tendresse inquiète d'une mère vole au-devant de toutes ses fantaisies. Après quelques années, comparez-les tous deux : n'admirez-vous pas à combien peu de frais l'un est devenu sain et vigoureux, et

combien il en a coûté pour rendre l'autre lan-
guissant et débile? C'est la Nature qui venge
ses droits outragés. Qu'avez-vous fait, pourroit dire à une mère cruellement complaisante, cette malheureuse victime? Votre tendresse perfide m'a rendu importun à moi-
même et inutile à ma patrie. Que m'importent
vos misérables richesses? Si je les conserve,
compenseront-elles ma santé perdue? Si je les
perds, quelle sera ma ressource? A ce prix,
qu'avois-je besoin de la vie? Ou reprenez ce
funeste présent, ou rendez-moi mes bras;
rendez-moi ma santé, sans laquelle la vie n'est
qu'un malheur. Cet habitant des champs est
mille fois plus heureux! La dureté de ses premières années lui a rendu la vie plus douce,
et vous, vous avez multiplié pour moi l'in-
clémence des saisons; vous m'avez rendu la
chaleur plus ardente et le froid plus piquant.
Quelle haine eût été pire que votre amour?

Mais ce n'est pas seulement par les particuliers, c'est par les peuples entiers qu'on
peut juger de l'influence d'une éducation mâle.
Je ne parlerai point ici de ces Spartiates si fa-

meux. Je n'ai garde de décrire la frugalité effrayante de leurs festins, les exercices incroyables de la jeunesse, la dureté des lois auxquelles on asservissoit l'enfance même; ces jeux surtout, ces jeux souvent sanglants, où, par une émulation qui autrefois paroissoit héroïque, qui même enfantoit des héros, les enfants se défioient à qui supporteroit sans sourciller les coups les plus violents, souvent même les plus meurtriers : je me garderai bien, dis-je, d'offrir un pareil tableau ; on ne me croiroit pas, ou l'on me regarderoit comme un barbare. J'aurois beau ajouter que ces hommes étoient au-dessus de l'humanité, qu'ils furent l'admiration de la Grèce, et la terreur des rois ; qu'ils se croyoient plus heureux dans leur austérité, que les Asiatiques dans leur mollesse ; tous ces prodiges, aussi incroyables pour nous que les mœurs qui les ont produits, ne me feroient pas pardonner une peinture si choquante pour nos mœurs, j'ai presque dit notre mollesse.

Cherchons donc ailleurs des exemples moins révoltants. Mes yeux rencontrent d'abord les

3

Romains. Si je les considère comme guerriers, sont-ce là des hommes ordinaires ? Chaque soldat portoit un fardeau qui écraseroit un homme de nos jours : sous cette charge prodigieuse, ils ne marchent pas, ils volent ; devant eux les montagnes semblent s'abaisser , et les fleuves tarir. Si je considère leurs monuments, je vois des chefs-d'œuvre qui, par leur grandeur autant que par leur beauté , paroissent surpasser la puissance humaine ; plusieurs même semblent , par leur inaltérable solidité, avoir vécu jusqu'à nos jours , comme pour attester la force des anciens, et nous reprocher notre foiblesse ! Quel secret avoit rendu ces hommes infatigables ? Allez l'apprendre dans le lieu consacré au Dieu de la guerre , théâtre des exercices de la jeunesse romaine ; voyez-vous ceux-ci lancer le disque, ceux-là s'exercer à une lutte pénible ; d'autres dompter un cheval fougueux, d'autres darder avec force un javelot pesant, puis tout couverts de sueur et de poussière, se jeter dans le Tibre , et le passer à la nage ? Cœurs maternels, ne vous effarouchez pas ! Je n'exige point de nos

jours des exercices que nous sommes assez
malheureux pour regarder comme des excès.
Mais permettez-moi de gémir sur les progrès
sensibles que fait parmi nous la mollesse. Je
ne parle pas ici du luxe qui règne dans nos
villes, où tant d'arts ingénieux à nous amollir,
enlevant à la campagne une foule de bras, les
occupent à multiplier les commodités de toute
espèce qui, pour nous punir, se changent en
nos besoins. La mollesse (qui l'auroit cru?)
du sein de nos villes a passé jusque dans les
camps. Ces tentes de Mars, où nos aïeux ne
portoient que du fer et leur courage, sont
étonnées de toutes ces superfluités dont re-
gorgent nos palais. Voyez-vous ces chars brillants et commodes, qui se produisent sous
mille formes nouvelles, pour promener notre
indolence? C'étoit peu de traîner nos Crésus
dans nos villes, ils conduisent nos guerriers
aux combats. Je crois voir nos brillants militaires sourire dédaigneusement, lorsqu'ils li-
sent dans l'histoire que Louis XIV, ce roi
dont les fêtes brillantes attiroient l'Europe
entière dans sa Cour, aussi infatigable dans la

2.

guerre que magnifique dans la paix, fit à cheval la campagne de Hollande ! Comment
soutiendrions-nous les fatigues militaires de
nos aïeux, nous qui pouvons à peine soutenir
leurs délassements ! A tous ces jeux où bril-
loient la force et l'adresse, ont succédé de
tristes assemblées autour d'un tapis où l'ennui régneroit seul, si l'avarice n'y présidoit
en secret. A peine les promenades sont-elles
fréquentées ; et les hommes, partageant dans
nos cercles oisifs la vie sédentaire d'un sexe
auquel ils s'efforcent de ressembler, ont soin
de s'étouffer dans de belles prisons : j'entends
même dire qu'il est de mode, parmi les gens
du bel air, de feindre une constitution foible,
de *jouer le dépérissement*, et de regarder la
santé comme un avantage ignoble qu'on abandonne au peuple. A quoi doit-on attribuer
cette mollesse, si ce n'est à l'éducation ? Si
nous ne sommes pas hommes, c'est qu'on
nous élève comme des femmes. Cependant,
consolons-nous. Nos voitures nous dispensent
d'avoir des pieds, nos valets d'avoir des bras ;
et bientôt nos secrétaires nous exempteront

d'avoir des lumières ; car cette molle éducation ne se contente pas d'énerver le corps,
elle effémine l'esprit. Voyons comment l'éducation opposée produit un effet contraire.

DEUXIÈME PARTIE.

Quel est l'objet de l'éducation considérée par
rapport à l'esprit ? C'est sans doute de rendre
l'homme agréable et utile dans la société. Un
homme qui ne seroit qu'agréable, existeroit
inutilement pour ses concitoyens. Un homme
qui ne seroit qu'utile, laisseroit desirer en
lui cet agrément précieux qui embellit la société, et pour les autres et pour nous ; car,
plus nous plaisons aux hommes, plus les
hommes nous plaisent à nous-mêmes.

On sera sans doute étonné de m'entendre
dire qu'une éducation mâle et solide peut
faire un homme aimable. Nos modernes ins-
tituteurs, si brillants et si commodes, lui ac-
corderont tout au plus le privilége de former
un homme tristement utile, destiné à tracer

3.

pesamment, dans le champ de la société, quelques sillons laborieux, capable enfin d'y faire naître quelques fruits, mais jamais d'y faire éclore des fleurs. Pour dissiper ce préjugé, jetons d'abord les yeux sur l'éducation opposée. En voyant les défauts de l'une, peut-être sentira-t-on mieux le prix de l'autre. Après avoir donné aux enfants quelques notions superficielles de géographie et d'histoire, les avoir entretenus surtout de blason, d'armoiries et d'écussons (comme s'ils ne pouvoient s'accoutumer de trop bonne heure à regarder comme importants les emblèmes de la vanité), ne croyez pas qu'on s'occupe de former leur jugement, d'exercer leur raison ; mais, ce qui est bien autrement essentiel dans un siècle où il est si commun de dire de jolies choses, et si rare d'en faire de belles, on s'attache très-sérieusement à former d'agréables causeurs : il faut qu'un cercle nombreux de personnes âgées, s'occupe gravement autour d'un enfant, non pas à l'instruire, mais à l'admirer ; qu'on s'extasie sur la prétendue finesse de ses propos ; qu'on se répète avec enthousiasme ses reparties puériles à des questions souvent plus puériles encore, qu'on en cite par d'imprudents éloges la hardiesse prématurée ; qu'enfin, on l'accoutume à ne rien penser, et à tout dire. Cependant, les pères enchantés, s'admirant eux-mêmes dans leurs enfants, font circuler dans la famille ces petits oracles, et l'on ne sait lequel est le plus ridicule ou du babil impertinent de l'enfant, ou de la stupide complaisance de ses admirateurs!

Qu'on s'étonne ensuite si de pareils élèves vont grossir la foule de ces jeunes présomptueux qui parlent toujours, et n'écoutent jamais; pleins d'estime pour eux-mêmes, de mépris pour les vieillards, suppléant à l'instruction par la hardiesse, et à une lente expérience par une confiance audacieuse, et dont l'ignorance indocile ne mérite pas même qu'on l'éclaire !. Vos conseils viendront alors, mais trop tard : rendrez-vous dociles dans leur jeunesse ceux qui se faisoient écouter dans leur enfance?

A ces poupées parlantes, comparez un jeune homme solidement instruit (le beau monde

diroit pédantesquement élevé), moins fait à
décider qu'à écouter, à parler qu'à réfléchir.
Peut-être sera-t-il d'abord éclipsé par la frivolité charmante et par l'impertinence agréable de son concurrent; les femmes s'écrieront :
Qu'il est gauche! Mais attendez : au milieu de
ce silence modeste, qu'on appelle stupidité,
mettant en usage cet esprit d'attention que
lui ont donné de solides études; joignant à
une connoissance anticipée des hommes qu'il
a prise dans les livres, celle que lui procure
l'usage; ayant presque deviné le monde avant
que de le voir; rien ne se fait, rien ne se dit
devant lui impunément, et qui ne paie, pour
ainsi dire, le tribut à sa raison. Convaincu
qu'il importe de ne pas déplaire aux hommes,
il sera poli, non de cette politesse insipide,
composée de complimens doucereux, et qui,
prodigués indifféremment, feroient croire aux
étrangers peu instruits de nos usages, que la
société parmi nous n'est qu'un commerce d'i-
ronies insultantes; mais de cette politesse raisonnée qui combine en un instant ce qu'exigent
l'âge, le mérite, les circonstances, dont la

sincérité fait le premier charme, et qui est cent fois plus flatteuse que la flatterie même. Insensiblement il se fait estimer ; il ne plaît pas encore, mais déjà il intéresse ; et si, au milieu des frivolités qui font la pâture ordinaire des conversations, il se glisse par hasard quelque sujet raisonnable, c'est alors que, par la solidité de ses principes, par la finesse de ses réflexions, par l'éloquence de son discours, il écrase, aux yeux même des hommes frivoles, la futilité de celui dont on admiroit il n'y a qu'un moment la brillante fatuité, et qui est étonné qu'on puisse plaire avec de la raison.

Mais c'est trop s'arrêter dans les cercles, le cabinet le rappelle. Si nos sociétés veulent des hommes agréables, la patrie veut des hommes utiles. Mères indulgentes, à quoi destinez-vous ces enfants auxquels vos timides précautions épargnent, je ne dis pas la moindre fatigue, mais même le moindre effort d'esprit ? Au sortir de vos mains, il s'agit pour eux du choix important d'un état : alors ces malheureux, dont l'esprit énervé par l'inapplication

ne se connoît que pour sentir sa faiblesse, pro-
mènent leurs yeux mal-assurés sur les différentes conditions qui partagent la vie. A l'aspect des travaux qu'elles exigent, les uns re-
culent de frayeur : déjà condamnés au néant
par la mollesse de leur enfance, ils achèvent
de s'anéantir par une inaction volontaire ; et
parce qu'ils ont perdu leurs premières années,
ils perdent le reste de leur vie. De là cette foule
de citoyens sans état, qui ne méritent ce beau
nom de citoyens que parce qu'ils sont nés
dans la patrie, et non parce qu'ils ont fait pour
elle ; qui contemplent dans un lâche repos le
mouvement général, profitent de la société
sans lui payer de tribut, passent sur la terre
sans y laisser de traces, et ne sont point re-
grettés lorsqu'ils cessent d'être, parce qu'on
doute s'ils ont jamais été.

D'autres plus hardis, ou plutôt plus imprudents, se jettent au hasard dans un état. L'ambition, la vanité soutiennent quelque temps
leur âme languissante ; mais bientôt, accablés
d'un fardeau qu'ils devaient de bonne heure
s'essayer à porter, à peine l'ont-ils soulevé

un instant, qu'ils retombent dans l'inaction où ils furent nourris, et portant partout avec eux le contraste déshonorant d'une condition laborieuse et d'une vie désœuvrée, semblent ne conserver leur état que comme un accusateur muet de leur indolence : doublement méprisables, et par la témérité de l'avoir embrassé, et par la honte de ne pas le remplir.

Heureux au contraire celui qu'une éducation laborieuse a préparé de bonne heure aux fatigues de son état ! tout entier à ses fonctions, on ne le voit point se reproduire dans tous les cercles, et fatiguer tout le monde de son inutilité. Ces sociétés où l'on s'assemble pour employer son temps, ou plutôt pour le perdre à frais communs dans le jeu ou la médisance, ne l'associent pas à leur oisiveté ; mais son nom est cher aux bons citoyens ; mais sa demeure est regardée comme un asile saint. Sort-il quelquefois de cette solitude consacrée par le travail ? la considération due à ses services marche partout avec lui ; les moments qu'il donne à ses amis leur sont d'autant plus chers qu'ils sont plus rares ; et on lui pardonne d'autant

plus volontiers cette noble avarice de son
temps, qu'on ne peut jouir de lui qu'aux dé-
pens de la patrie. Ah! c'est alors qu'on se
félicite d'avoir reçu une éducation forte et sévère ; c'est alors qu'on se rappelle avec tendresse et les parents sages qui nous l'ont pro-
curée, et les maîtres vigilants dont nous l'avons
reçue!

Mais je veux que, malgré le désœuvrement
des premières années, l'activité de l'ambition,
l'impulsion de l'intérêt, le ressort de la vanité,
puissent, dans un âge plus avancé, donner à
l'esprit une secousse violente, et rompre l'habitude de l'inaction. En prenant le goût du
travail, prendra-t-on aussi des lumières? et
les causes dont nous venons de parler, en sup-
posant qu'elles aient pu d'un jeune indolent
faire un homme laborieux, pourront-elles d'un
jeune ignorant faire, par une inspiration sou-
daine, un homme éclairé, et produire deux
prodiges à la fois?

Représentez-vous un homme qui, peu fait
à voyager, se trouve dans une vaste forêt : comment se tirer d'un lieu où tout est nouveau

pour lui ? incertain, inquiet, apercevant mille
routes différentes, embarrassé du choix, es-
sayant mille sentiers, et ne trouvant pas une
issue, il marche, il revient, chaque pas qu'il
fait l'égare; il recule à mesure qu'il avance, et,
bien loin de savoir comment sortir de ce lieu,
à peine sait-il comment il y est entré! Celui
au contraire qui a de bonne heure appris à
s'orienter, accoutumé à de justes combinaisons,
s'échappe à travers les routes compliquées de
ce labyrinthe, comme s'il en avoit cent fois par-
couru les dehors. Telle est l'image naïve de la
différence que mettent la bonne et la mauvaise
éducation entre deux hommes dont l'un est
imbu dès son enfance d'excellentes maximes
de conduite, et, porté par une heureuse habitude à réfléchir, sait dans l'état qu'il a pris,
sortir avec honneur des circonstances les plus
épineuses, dont l'autre, ayant embrassé, au
sortir d'une éducation frivole, un état qui
demande des lumières, y porte l'indécision
d'un esprit sans principe, et s'y trouve en quelque sorte égaré en entrant. Le public cependant qui le voit avec étonnement remplir un

état, et qui n'a pas vu son apprentissage, qui le voit parvenu sans savoir comment il est arrivé, l'observe avec une curiosité maligne, et ce surveillant qui juge si sévèrement le mérite en place, bien plus impitoyable encore pour l'ignorance titrée, se venge, à la première faute, du peu de préparation qu'on apporte à la place, par le mépris de celui qui la remplit. Heureux encore, si au mépris ne se joint pas l'infortune! Malheur à quiconque attend pour apprendre ce temps où il faudroit avoir appris : si l'on s'instruit alors, c'est à l'école de l'adversité : c'est ainsi que l'éducation jamais ne perd ses droits; c'est ainsi que, si on l'exile de l'enfance, on la reçoit dans un âge avancé et mille fois plus douloureuse !

Mais si l'éducation négligée se fait sentir aux particuliers, l'état par un contre-coup funeste ne s'en ressentira-t-il point? Ceux qui ne sont pas bons pour eux-mêmes seront-ils bons pour la patrie? Ici permettez-moi de m'arrêter un instant, et de jeter les yeux autour de nous. Qu'est devenue cette moisson de grands hommes répandue dans tous les états

qu'ils éclairoient par leurs lumières, qu'ils vivi-
fioient par leurs travaux? L'église pleure encore
ses Bossuet, ses Fléchier, ses Massillon ; le
barreau ses Patru, ses Lemaître, ses Cochin,
ses d'Aguesseau ; notre profession même (car
pourquoi, n'en parlerois-je pas, puisque c'est
elle qui donne des sujets aux autres?) pleure
ses Rollin, ses Porée, ses Coffin. La nature,
dit-on, se repose; disons plutôt que c'est nous
qui sommeillons : non, les esprits ne sont pas
encore stériles; c'est nous qui ne les cultivons
plus : eh! comment le champ de la république
seroit-il encore fécond, lorsqu'on néglige l'éducation qui en est la pépinière ?

Je vois partout une jeunesse impatiente de
jouir sans avoir travaillé ; avide de recueillir
sans avoir semé ; ardente à bâtir sans avoir
jeté de fondemens, s'empresser de déshonorer
des conditions auxquelles elle n'apporte que
des études rapides, mais trop longues encore
au gré de l'ambitieuse avarice des pères, et de
la molle indolence des enfants ! ne croyez-vous
pas voir ces arbres auxquels une chaleur fac-
tice fait porter des fruits avant la saison ? Ces

fruits précoces sont amers : l'arbre épuisé dégénère, et paie une fécondité hâtive par une éternelle stérilité.

Si du moins cette éducation frivole avoit respecté cette partie des citoyens qui, par sa naissance, par ses richesses, est appelée aux grandes places! Mais que peut on augurer pour la patrie, lorsqu'on voit des adolescents mollement élevés, négligemment instruits, mettre toute leur science à bien conduire un char, tout leur mérite à nourrir une meute, et de cet apprentissage de la frivolité, apellés au timon des affaires, n'y apporter qu'un nom, et mendier les lumières des subalternes qu'ils devoient conduire? Nous ne sommes plus, il est vrai, dans ces siècles de ténèbres, où les nobles, méprisant la science et jugeant au moins inutile à leurs enfants ce qu'ils auroient cru déshonorant pour eux mêmes, ne leur laissoient que leur épée, leur château, et leur ignorance. Mais l'éducation en devenant plus commune est-elle devenue plus utile? Qu'importe que nous ne soyons plus barbares, si nous sommes frivoles? qu'importe à la patrie que ses défenseurs sachent accorder une guitare, s'ils ne savent pas ranger une armée en bataille? Oh, puisse enfin l'éducation ranimée dans la première classe des citoyens, relever, pour ainsi dire, les colonnes de l'état! que de là, descendant comme par degrés dans les conditions inférieures, elle fasse partout éclore des sujets laborieux et éclairés et mettre des hommes véritables à la place de ces *ébauches* informes, de ces vains fantômes de citoyens.

Mais cette éducation ferme et sévère, est non seulement la plus capable de former des sujets laborieux et éclairés, en exerçant l'esprit, elle est aussi la plus propre à former des sujets vertueux en formant le cœur; c'est ce qui me reste à envisager.

TROISIÈME PARTIE.

C'est ici le moment véritablement intéressant de l'éducation. Notre élève a déjà, du côté du corps et de l'esprit, tout ce qu'il faut pour être utile. Cependant tremblons encore! c'est le

4..

cœur seul qui achève ou plutôt qui fait l'homme!
C'est donc ici surtout, père tendre, qu'il faut
bannir une molle indulgence, et cesser quelque temps d'être père ; ou plutôt c'est ici qu'il
faut l'être plus que jamais.

Dans une éducation mâle et solide envisagée
par rapport au cœur, on peut distinguer trois
choses essentielles. D'abord une discipline
sévère qui écarte loin des enfants la mollesse
et la licence ; en second lieu des maximes solides qui leur inspirent un amour durable de
la sagesse ; enfin des exemples vertueux qui leur
offrent des modèles.

Et d'abord quand j'exige une discipline sévère, à dieu ne plaise que j'entende par là cette
farouche austérité qui abrutit l'âme des enfants
au lieu de la fortifier, et qui les rend stupides
sans les rendre meilleurs! à dieu ne plaise que
je veuille attrister gratuitement l'âge heureux
des ris ingénus, de la douce gaieté ; que par un
zèle barbare, armant le sang contre le sang,
j'aille glacer les tendres embrassements des
pères et flétrir l'innocent bonheur des enfants !
C'est au contraire pour prolonger ce bonheur

que j'ose recommander à leur égard une utile sévérité. En effet, qu'est-ce qui fait ici-bas le le bonheur? ce n'est pas une exemption entière des peines de la vie : quel homme oseroit y prétendre? Mais une âme forte exercée de bonne heure à les supporter. Que prétend donc faire de vos enfants cette tendresse inquiète qui semble vouloir les arracher à la condition humaine? Au premier souffle de l'adversité, que deviendront ces malheureuses victimes dont la foiblesse est l'ouvrage de la votre? Combien profondément pénétreront les traits de l'affliction dans des ames amollies dès l'enfance? est-ce en les promenant mollement sur les fleurs que vous leur apprendrez à fouler aux pieds les épines de la vie?

Un ennemi encore plus cruel de la paix de l'âme, ce sont les passions : c'étoit à l'éducation à nous donner des armes contre elles : mais c'est elle qui leur donne des armes contre nous. Eh! comment le feu de la volupté ne fondroit il pas des âmes déjà presque dissoutes par de vaines délices? Comment pourroient se défendre de l'orgueil ceux qui, dès qu'ils ont ouvert les yeux, ont vu une foule d'esclaves empressés autour d'eux, dont les maîtres mêmes sembloient payés plutôt pour les flatter que pour les instruire? qu'il est à craindre qu'après avoir pu tout ce qu'ils vou-loient, ils ne veulent pour leur malheur tout ce qu'ils ne peuvent point, et ne desirent pour le malheur des autres tout ce qu'ils ne doivent pas.

Car cette éducation efféminée n'anéantit pas seulement les qualités du sage, elle dé-truit celles du citoyen : en effet qu'elle est la première? c'est le respect pour les lois. Or que peut produire cette enfance indisciplinée si ce n'est une haine orgueilleuse du joug le plus nécessaire! obéit-on volontiers étant homme, lorsque dans l'âge de la dépendance on s'est fait obéir? Lorsque vous entendez dire qu'un jeune homme s'est souillé par quelque grand crime, remontez jusqu'à ses premières années, et vous découvrirez que, dès ce temps même, jusques dans les jeux de l'enfance, se laissoient entrevoir ces penchants féroces qui depuis, accrus par la foiblesse des

pères, et fortifiés dans l'âge des enfants, ont
enfin déshonoré et ceux qui les ont soufferts
et ceux qui les ont fait éclater ; aussi parmi le
grand nombre de sages lois dont la France
s'honore, aucune ne me paroît plus louable que
celle qui, faisant rejaillir sur les parents l'op-
probre des peines que les lois infligent aux
coupables, force les pères de veiller sur les
enfants par la crainte d'une ignominie utile-
ment contagieuse !

Au respect pour les lois est essentiellement
joint l'amour de la patrie.... l'amour de la patrie ! Il enfantait autrefois des prodiges ; il a
produit les grands peuples et les grands hommes, mais ce nom qu'il suffisait autrefois de
prononcer pour enflammer toute une nation,
osons l'avouer, ne rencontre aujourd'hui que
des cœurs glacés ; et froidement prononcé par
quelque citoyens, il n'est presque répété par
personne ! l'état entier ne devroit former
qu'une vaste famille et chaque famille forme un
petit état particulier : que la patrie chancelle,
des hommes avides accourront en foule se dis-

puter ses débris ; mais qui est-ce qui osera s'ensevelir sous ces ruines ?

Où chercher les causes de cette indifférence? et comment ne voit-on pas qu'une frivole éducation en est la première? Qu'est-ce que l'amour de son pays? c'est un sentiment héroïque qui nous arrache à nous mêmes pour nous enchaîner au bien public : mais ces sentiments énergiques les demanderez-vous à ces hommes énervés dès le berceau? exigerez vous que pour l'amour de la patrie de jeunes Adonis aillent exposer à l'ardeur du soleil la fraîcheur de leur teint? accoutumés à reposer sur le duvet, pourront-ils se résoudre, pour l'amour de la patrie, à coucher sur la dure? enfin habitués à rechercher toutes les commodités de la vie, seront ils capables de l'amour de la patrie qui exige quelquefois le sacrifice de la vie même? Jugez-en par des exemples : à Sybaris, les enfants élevés au milieu des chants mélodieux et des fêtes voluptueuses, respiroient en naissant l'air du plaisir : à Lacédémone, la plus austère discipline présidoit à l'éducation d'une jeunesse laborieuse, qui apprenoit à braver la mort, dès qu'elle commençoit à jouir de la vie. Je vous laisse à penser quelle est celle de ces deux villes où les enfants expiroient avec plaisir pour la cause commune, et où les mères en remercioient les dieux? Ah! c'est que la mollesse des sens se communique à l'âme, c'est qu'en se rendant incapable de servir la patrie, on se rend bientôt incapable de l'aimer.

Mais je l'ai déjà dit, l'amour de son pays est un sentiment héroïque qui exige une âme forte. L'amour de l'humanité qui nous est si naturel, et qui n'exige qu'une âme sensible, ne sera-t-il pas plus respecté par cette molle éducation? Je remarque au contraire que ces enfants si voluptueusement élevés, sont sans pitié, sans entrailles : eh! comment plaindroient-ils des maux dont ils n'ont pas l'idée? accoutumés à ne se repaître que d'idées agréables et de sensations délicieuses, leur imagination même se refuse autant que leur cœur aux misères d'autrui; ou si elle excite en eux quelque sentiment, c'est plutôt celui du dégoût que de la pitié, et l'aspect de l'indigent force leurs superbes regards de se détourner sans forcer leurs avares mains à s'ouvrir.

Je ne parle pas des devoirs sacrés d'amis ou de parents : quel est celui qui les remplit dignement ? C'est celui qui les regarde moins comme des obligations pénibles que comme les plus nobles besoins de l'humanité. Mais pour penser ainsi, il faut des âmes saines et pures, que le goût frivole des amusements étrangers à la nature de l'homme n'ait point encore corrompues. Fermez donc à vos enfants par une éducation sagement sévère la route des faux plaisirs ; et comme l'âme a besoin d'aimer, leurs sentiments reflueront comme d'eux-mêmes vers les véritables voluptés. Si au contraire vous laissez entamer leur cœur par la licence d'une jeunesse négligée, c'en est fait ! n'espérez plus les trouver sensibles aux charmes de l'amitié et des attachements légitimes : épuisant dans de criminels plaisirs toute la sensibilité de leur âme, ils ne conserveront pour les plaisirs innocents qu'un cœur sec et aride ; pareils à ces fleuves qui, forcés par l'art de s'égarer dans des canaux détournés, laissent à sec le lit que leur avoit creusé la nature.

Ceux mêmes auxquels ils devroient être attachés par le plus grand de tous les bienfaits, par celui de la vie, pensent-ils par une indulgente facilité s'assurer leur reconnoissance? Vous vous étonnez quelque fois, pourrait-on leur dire, de voir vos caresses repoussées par l'ingrate insensibilité de vos enfants. Mais c'est à la fois l'effet naturel et le juste châtiment de votre aveugle complaisance pour eux : lors qu'instruits à n'aimer qu'eux mêmes, ils sont indifférents pour vous; lorsque portant dans leur sein le feu des passions, ils accusent en secret ceux qui l'ont nourri par leur foiblesse; lorsqu'accoutumés par vous à satisfaire tous leurs desirs, il vous regardent, dès que vous voulez vous y opposer, comme des surveillants importuns; lorsque de cet amour des plaisirs passant à celui des richesses qui les procurent, ils osent peut-être (je frémis de le dire) hâter par des vœux dénaturés la dépouille paternelle; qu'avez-vous à vous plaindre? le ciel n'est-il pas équitable en payant par la haine barbare

5

des enfants, l'amour encore plus barbare des pères ?

J'en pourrois dire autant de ces parents ambitieux qui ne voient dans leurs enfants que de vaines idoles qu'ils s'empressent de décorer pour se faire honorer en eux; n'aimant leurs enfants que pour eux-mêmes, qu'ils n'en attendent pas de retour. Agrippine, la plus ambitieuse des femmes, fut la mère de Néron le plus ingrat des fils.

La seconde partie d'une éducation forte et mâle, je l'ai fait consister dans des préceptes capables d'élever et d'agrandir l'âme. Mais cette partie elle-même ne s'est pas bien garantie de la contagion ; et bien loin d'oser faire pratiquer aux enfants la vertu, à peine ose-t-on leur en parler. On les entretenoit autrefois de l'amour des lois et de l'état : aujourd'hui ils n'entendent parler que de la nécessité de parvenir, et des moyens de s'avancer. Mon fils, dit un père de nos jours, songez à votre fortune, apprenez à plaire pour réussir, et soyez agréable aux autres pour être utile à vous-même. Mes enfants, auroit dit au contraire quelqu'un de nos bons aïeux, vous avez un cœur, c'est pour aimer la patrie ; vous avez un bras, c'est pour la défendre; c'est pour elle que vous êtes nés ; osez vivre, osez mourir pour elle. Faut-il s'étonner, si des langages si différents produisent des effets si opposés ?

On a cru pendant long-temps qu'on ne pouvoit de trop bonne heure inspirer aux enfants des sentiments d'humanité pour les malheureux, de tendresse pour leurs proches, d'attachement pour leurs amis. Qu'a-t-on fait depuis ? on a substitué l'apparence à la réalité ; au lieu de nous apprendre à être bons, on nous instruit à être polis. C'est chez des maîtres de grâces qu'on apprend des leçons d'humanité! dès l'enfance, cet âge heureux de la naïve franchise, on nous exerce à nous attrister de l'infortune d'autrui sans douleur, à nous réjouir de leur bonheur sans joie. Aussi que voit-on sortir de cette école de fausseté ? des manières obligeantes et des cœurs impitoyables. Généreuse amitié, qu'est devenu ton vertueux enthousiasme? Jamais on n'ouvrit avec plus d'empressement ses bras pour recevoir ses amis, **et**

5.

jamais on n'ouvrit plus lentement sa bourse
pour les secourir. Les cris même du sang ont
fait place aux beaux discours. Depuis qu'une
éducation superficielle augmente le nombre
des hommes polis, celui des enfants reconnois-
sants diminue : déjà même les noms de père, de
fils, d'époux, sont proscrits, dit-on, par mille
gens du bel air ; et ces titres précieux dont une
raison plus éclairée devroit augmenter la sain-
teté parmi les grands, ne seront bientôt plus
sacrés que pour l'aveugle instinct du peuple.
Et voilà l'ouvrage de cette éducation qui met
tout en de vains dehors.... Ah! ne valoit-il pas
mieux nous inspirer des sentiments de bonté,
que de nous instruire à les contre-faire, et
former des hommes vraiment sensibles que
d'exercer de méprisables pantomimes!

Mais comme les plus belles semences, si,
lorsqu'on les a confiées à la terre, la rosée céleste ne vient hâter leur fécondité, demeurent
infructueuses ; ainsi les germes de vertu se sé-
cheront dans ces jeunes âmes, si ce qu'a semé
la sagesse humaine n'est fécondé par la religion;
motif sublime! qui corrige la bassesse de nos

affections en nous montrant la noblesse de
notre origine; qui nous fait faire de grands
efforts pour une grande récompense; et qui,
pour en donner encore une plus haute idée,
nous apprend à pardonner aux autres, et à
nous humilier nous-mêmes!

Mais au lieu d'établir l'éducation sur ce fon-
dement divin, sur quoi l'établit-on? sur la
base fragile des bienséances humaines. On ne
dit point aux enfants : *Soyez religieux*, mais on
leur dit : *Soyez décent*. Pères imprudents! avec
cette foible armure, voyons comment vos enfants soutiendront les assauts du vice! rete-
nus d'abord par une hypocrite timidité, ils
n'iront point braver par des désordres éclatants
le public dont on leur apprit à redouter les
regards; mais lorsqu'ils le pourront décem-
ment, ils séduiront l'innocence; ils trahiront
leur foi; et pareils à ces fruits qui, quoique
gâtés au-dedans, vous séduisent encore par un
brillant coloris, sous cette écorce de décence,
ils cacheront un abyme de corruption; et ce
masque même qui sert du moins à cacher la

5..

laideur du vice, ne croyez pas qu'ils le portent long-temps. A peine auront-ils connu les
hommes, qu'ils aimeront mieux les imiter que
les croire; ils ne conserveront pas même le
mérite de l'hypocrisie; ou s'ils respectent encore quelques bienséances, ce ne sera pas celles qui proscrivent les scandales du vice, mais
celles qui attachent une honte malheureuse à
remplir les devoirs les plus sacrés. Ils ne rou-
giront pas de trahir l'amitié, de violer la justice; mais ils regarderont comme une chose
ignoble de garder la foi conjugale, et de payer
leurs dettes. Et c'est ainsi qu'en voulant leur
apprendre à être vertueux par décence, vous
ne leur apprendrez qu'à être vicieux par res-
pect-humain. Instruisez-les donc à écouter le
cri de la conscience plutôt que la voix des hommes; à craindre les regards de l'être éternel
plutôt que ceux du public; et que les maximes
les plus religieuses pénétrant dans leur âme
encore tendre, leur donnent une forte et profonde teinture de la vertu, au lieu de cette couleur passagère d'honnêteté qui, bientôt em-
portée par le frottement continuel des vices,

ne laisse enfin apercevoir que la difformité mal déguisée d'une âme corrompue.

Cependant, vous n'avez rien fait encore, si aux préceptes ne sont joints les exemples. Il fut un temps où, recommandée par l'innocence de nos pères, plutôt que par leurs discours, la vertu s'imitoit plutôt qu'elle ne s'enseignoit. Une vie occupée, des entretiens honnêtes, une table frugale, une maison modeste, parée non de peintures lascives, mais des images vénérables de nos ancêtres ; voilà les leçons palpables, pour ainsi dire, que recevoient les enfants ; et leurs premiers précepteurs étoient les exemples domestiques. Mais nous, assis à nos tables voluptueuses, comment oserons-nous leur parler de frugalité ? Est-ce au milieu de la licence de nos entretiens que nous saurons leur inspirer la pudeur ? Que dirai-je de ces parents indignes, qui, lorsqu'ils voient s'échapper du cœur de leurs enfants les premières saillies des passions naissantes, osent sourire à ces préludes du vice ? Ainsi, les premiers obstacles que rencontrent les enfants dans le chemin de la vertu, ce sont les exemples

paternels. Obligés d'honorer leurs parents,
bientôt ils les imitent, et la piété filiale, qui
devroit être pour eux une vertu, n'est plus
pour eux que la première amorce du vice.
Comment peut-on oublier que rien n'est indif-
férent pour l'enfance ? Ne remarquez-vous
pas quelquefois comment, à leurs jeux folâtres,
succède tout-à-coup une attention morne,
indice assuré de l'impression que font sur eux
les objets d'autant plus frappants pour eux,
qu'ils leur sont plus nouveaux ? Si leurs cœurs
pouvoient s'ouvrir à nos yeux ; si nous pouvions apercevoir comment un mot, un geste
imprudent ont su y graver l'image du vice,
avec quelle frayeur religieuse ne parlerions-
nous pas, n'agirions-nous pas devant eux ?
Eh quoi ! parce que cet effet est invisible, en
est-il moins cruel ? Combien les anciens pen-
soient, ou du moins agissoient différemment ?
Chez eux, la force des exemples épargnoit
l'ennui des préceptes ; l'éducation étoit en
quelque sorte une représentation continuelle.
Les festins, les fêtes, les jeux, les assemblées,
les cérémonies publiques, tout frappoit vivé-

ment l'imagination des enfants. Tout leur crioit : *Soyez vertueux*, et faisoit entrer la sagesse dans leur âme par tous les sens. Voulez-vous donc rendre vos enfants honnêtes ? que tout dans la maison respire l'honnêteté, que tout la peigne à leurs yeux, la fasse retentir à leurs oreilles ; et c'est ainsi que, de la sévérité, de la discipline, de la solidité des préceptes et de l'autorité des exemples, heureusement réunies, résultera cette éducation vigoureuse qui n'a jamais fleuri chez aucun peuple, qu'il n'ait été vertueux, et n'y a jamais dégénéré qu'il ne se soit corrompu. Si je voyois une nation autrefois estimée tomber dans l'avilissement, se refroidir pour la vertu, et s'enthousiasmer pour des bagatelles, applaudir l'amour de la patrie sur les théâtres, et le laisser s'éteindre au fond des cœurs ; si je voyois surtout dégénérer la noblesse, et le sang le plus pur de l'état s'altérer dans son cours ; si au lieu de ces guerriers, de ces sénateurs généreux et francs, je n'apercevois que des êtres bas dans leur fierté, insolents dans leur politesse ; si on me montroit le nom des il-

lustres défenseurs de l'état, traîné dans la fange
de la débauche par de lâches descendants, et
les châteaux antiques qu'habitoient des héros,
vendus pour enrichir des courtisanes, je gé-
mirois sur le sort d'une telle nation, surtout
si j'en étois citoyen ; mais en voyant la déca-
dence de ses mœurs, je serois assuré de celle
de son éducation. D'un autre côté, si je voulois prouver, par des exemples puisés dans
l'histoire, le pouvoir de cette éducation ferme
et solide, qui donne au corps, à l'esprit, à
l'âme, toute leur énergie ; il n'est point de
peuple, il n'est point d'état qui ne pût m'en
fournir. Mais où puis-je en trouver de plus
convenables que chez nos aïeux, et de plus
brillants que sur le trône ? Vous relisez tous
les jours, avec attendrissement, l'histoire de
ce bon roi qui conquit son royaume pour le
rendre heureux. Je n'ai pas besoin de vous
dire que je parle de Henri IV ; et si je le
nomme, c'est parce qu'on aime à le nommer.
Or, qui d'entre nous, toutes les fois qu'il admire ses belles qualités, n'en retrouve la source
dans l'éducation sévère qui le forma ? Ce fut en

écoutant les maîtres les plus habiles qu'il acquit cette supériorité de bon sens, qui fait
qu'on recueille avec plus de soin ses moindres
paroles, qu'on ne conserve les ornements
royaux des autres princes. Ce fut en gravissant
parmi les rochers, avec les jeunes paysans du
Béarn, en se nourrissant comme eux d'un pain
grossier, en portant comme eux des vêtements
vulgaires, qu'il acquit cette vigueur intrépide
qui sembloit le multiplier et le reproduire au
milieu de tant de siéges et de combats. Ce fut
en vivant parmi les habitants de la campagne,
en connaissant par ses yeux leur misère, qu'il
apprit à y être sensible ; enfin, c'est parce
qu'il avoit senti qu'il étoit homme avant que
d'être roi, qu'étant roi, il se souvint qu'il
étoit homme. Pourquoi faut-il qu'avant d'ac-
complir ses grands projets, la mort ?......
Qu'ai-je dit, Messieurs ? Quel mot funeste
viens-je de prononcer ? En rouvrant impru-
demment une plaie ancienne, je rouvre une
plaie encore sanglante ; et pouvois-je parler
de la perte que fit la France dans la personne
du grand Henri, sans rappeler celle qu'elle

vient de faire dans un de ses plus dignes descendants? La France le pleure encore, et moi
je puis, sans sortir de mon sujet, lui payer
un juste tribut d'éloges. Je puis dire qu'il fut,
quoique prince, bon père, fils respectueux,
époux fidèle, tendre ami ; qu'il acquit, en
cultivant les arts, le droit de les protéger ; que,
dans un siècle où la religion s'éteint dans les
rangs les plus bas, il la conserva dans tout son
éclat sur le trône ; pareil à ces hautes montagnes, qui, lorsque le soleil cesse de luire
dans les vallons, en retiennent sur leurs cimes
les rayons mourants ; qu'enfin, dès son enfance, il fut laborieux ; et que, s'il ne régna
pas, il s'exerça toujours à régner. Puisse le
ciel, pour nous dédommager de cette perte,
conserver la vie de Louis-le-Bien-Aimé, et
ajouter aux jours du père ce qu'il retranche à
ceux du fils! Et n'oublions pas de remarquer
(car pourquoi priverois-je mon sujet d'une
preuve si éclatante ?) que ça été en fuyant,
dès l'âge le plus tendre, la mollesse trop ordinaire sur le trône, en fortifiant son corps
par ce noble amusement, qui fut de tout

temps celui des héros, que Louis s'est acquis cette santé robuste, pour laquelle nous ne pouvons faire des vœux sans en faire pour notre bonheur.

Si des exemples brillants en laissoient desirer d'autres, il en est un que je n'irois pas chercher bien loin de nous. Je le trouverois dans ce digne prélat (1) qu'on aime et qu'on admire, qui étonne les plus mondains par sa gaîté, et les plus austères par sa pénitence; qui, d'une main, distribue aux justes les trésors du ciel, et, de l'autre, prodigue aux pauvres les trésors de la terre. N'est-ce pas à la dureté de sa vie qu'il doit cette vigueur inaltérable, qui semble sans cesse se renouveler pour servir sa piété, et que sa piété, à son tour, semble ranimer sans cesse ? Oui, pour être assuré que sa jeunesse fut laborieuse, il suffit de voir combien sa vieillesse est robuste.

Voilà, chère jeunesse, les modèles que je dois et que vous devez vous-mêmes vous proposer. Vous faut-il de nouveaux motifs ?

(1) Feu M. d'Orléans de la Motte, évêque d'Amiens.

Voyez les pères de la Ville suspendre leurs
fonctions pour vous honorer de leur présence,
et oublier un instant la patrie pour ceux qui
en sont l'espoir ? J'ose vous attester devant
eux, que nous nous efforçons de mériter la
confiance dont ils nous honorent ; que si vous
quittez tous les jours pour nos écoles la maison
paternelle, vous retrouvez dans vos maîtres
toute la tendresse de vos pères ; que nous ne
vous approchons jamais avec ce front sour-
cilleux, tant reproché à ceux qui enseignent ;
et qu'enfin vous voyez en nous moins des
maîtres que des amis. Mais si nous vous témoi-
gnons notre attachement par notre douceur et
par notre zèle, témoignez-nous votre reconnoissance par vos travaux et par vos succès ;
adoucissez le poids de nos fonctions pénibles
par le délicieux plaisir de ne pas les voir infructueuses. Qu'un jour les maîtres, en voyant
leurs élèves utiles à la patrie, puissent les reconnoître avec une noble vanité pour leurs
disciples, et que les disciples, en recueillant
les fruits d'une excellente éducation, puissent
se rappeler avec une tendre reconnoissance le
souvenir de leurs maîtres !

LETTRE

A

L'ABBÉ BARTHÉLEMY.

Sɪ vous ne deviez pas, Monsieur, être dé-
goûté d'éloges, je vous dirois que votre ouvrage m'a paru effrayant d'érudition et de
connoissances, comme il m'a paru enchanteur
de style et d'exécution. Avant vous on n'avoit
jamais imaginé qu'aucun ouvrage pût dispen-
ser de lire Platon, Xénophon, tous les historiens et tous les philosophes de la Grèce.
Votre ouvrage, le plus beau résultat des plus
profondes lectures, tient lieu de tout cela. Et
un littérateur peu fortuné avoit raison de dire
que votre livre est une véritable économie. Il

6.

étoit impossible de faire de toutes ces idées et
de toutes ces pensées une masse plus brillante
et plus solide, et votre ouvrage m'a rappelé
ce métal de Corinthe, composé de tous les
métaux, et plus précieux qu'eux tous. C'est le
génie qui a fondu tout cela.

Ces Grecs, qui savent à peine s'ils ont eu
des aïeux illustres, seroient un peu étonnés si
on leur disoit qu'un étranger a passé trente
ans de sa vie à faire leur intéressante généalo-
gie, et a découvert les titres de leur gloire
nationale.

On ne peut rien ajouter au charme de vos
descriptions. Le plus grand poète de la Grèce,
cet homme dont vous avez si dignement parlé,
passoit pour le premier de ses historiens, et
son nouvel historien auroit, comme Platon,
passé pour un de ses plus grands poètes, si
une action dramatique, des caractères bien
soutenus, des images brillantes, sont de la
poésie.

Les villes de la Grèce regardoient comme
un titre de gloire d'être nommées dans les
poèmes de celui dont elles se disputoient le

berceau. Jugez, Monsieur, si moi, qui occupe dans l'empire des lettres un si petit coin,
je dois être fier de trouver mon nom dans
votre magnifique ouvrage. Il est intéressant
pour toutes les classes de lecteurs ; mais il ac-
quiert un nouveau dégré d'intérêt pour ceux
qui ont vu les scènes des grands événements
que vous décrivez. Vous avez vu les lieux mêmes aussi bien que les voyageurs les plus at-
tentifs. En revenant d'Athènes, je m'étois
flatté un moment d'être consulté par vous ; je
fus agréablement surpris d'être instruit par
vous-même de tout ce que j'avois vu. On dit
que l'académie d'Athènes va être associée à
celle de Paris ; je rends grâces à celui par qui
va s'opérer cette confraternité : il sait combien je me tiendrai honoré de la sienne, et
l'inviolable attachement que je lui ai voué.

———

6..

ODE

A M. MOLÉ,

Premier Président, sur la naissance d'un Fils
(6 mars 1760.)

———

Précipite, grand Dieu, dans la nuit éternelle,
Du superbe Oppresseur la race criminelle ;
Ensevelis son nom dans l'oubli du tombeau ;
Et que de ses palais l'édifice fragile,
Brisé comme l'argile,
De ses derniers enfants écrase le berceau.

Mais conserve, ô mon Dieu, sous ton aile puissante,
Des humains bienfaisants la race florissante ;
Qu'ils étendent au loin leurs rejetons nombreux ;
Que des fruits immortels de leur tige féconde,
Ils nourrissent le monde,
Et couvrent l'Orphelin de leurs rameaux heureux.

Famille de MOLÉ, triomphez d'âge en âge;
Bravez, bravez des ans l'injurieux outrage;
Que la gloire vous porte à l'immortalité.
Ombres des demi-dieux, puissent nos chants profanes,
  Sans offenser vos mânes,
Se mêler aux accents de la postérité.

 Des siècles et des temps je franchis la barrière;
De vos pas lumineux, empreints dans la carrière,
Jusqu'à votre berceau la trace m'a conduit:
Tel un astre, élancé de la céleste voûte,
  Vole et marque sa route
Par les sillons de feu qui brillent dans la nuit.

 Quel est ce Magistrat (1), dont le mâle courage,
Tranquille, inébranlable au milieu de l'orage,
Affronte la fureur d'un peuple impétueux?
Je le vois, au milieu du trouble et des alarmes,
  Des flambeaux et des armes,
Arrêter d'un regard ces flots tumultueux.

(1) Mathieu Molé, Procureur-Général en 1614, premier Président le 19 novembre 1641, Garde-des-Sceaux le 3 avril 1651, mort le 3 janvier 1656.

ODE.

Ainsi de l'Eternel, la sagesse profonde
Choisit dans ses trésors, pour les besoins du monde,
Ces Héros destinés aux siècles malheureux;
Et parmi les débris des Trônes qui succombent,
　　Des Empires qui tombent,
Commande à l'Univers de s'appuyer sur eux.

O jours infortunés! Temps affreux! Temps barbares!
Les peuples s'égorgeoient pour des monstres avares;
La Licence émoussoit le fer sacré des lois:
Et, d'un glaive perfide armant sa main sanglante
　　La Discorde insolente
Livroit à des Tyrans la couronne des Rois.

France, tu ne crains plus ces tempêtes cruelles;
Ils ne sont plus, ces temps où tes enfants rebelles
De leurs cruelles mains te déchiroient le flanc.
Le Français, plus heureux que ses tristes ancêtres,
　　S'immole pour ses maîtres,
Et contre ses rivaux va prodiguer son sang.

Mais, dans ces jours brillants, dans ces jours de ta gloire,
De tes anciens appuis tu chéris la mémoire;
Les MOLÉ pour jamais sont gravés dans ton cœur;

Tu vois avec transport l'héritier magnanime,

De leur vertu sublime,

Dans le Temple des Lois veiller à ton bonheur.

Hélas! de ce grand nom c'est l'unique espérance!

Périra-t-il, grand Dieu, ce nom cher à la France?

Nous laisses-tu jouir de ses derniers bienfaits?

Et verrons-nous tarir, dans son antique source,

Ce fleuve dont la course

Répandoit parmi nous l'abondance et la paix.

Ces Héros, descendus dans les Royaumes sombres,

Se cachent de douleur dans la foule des Ombres;

L'Orphelin consterné gémit sur leur tombeau,

Et craint que de la mort l'haleine dévorante,

De leur race expirante

N'éteigne pour jamais le glorieux flambeau.

O nuit! dissipe-toi; le jour est près d'éclore;

D'un demi-dieu naissant je vois briller l'aurore;

De l'éclat de son front le Ciel s'est embelli;

Cet auguste palais, arrosé de nos larmes,

A repris tous ses charmes,

Et ses marbres fameux de joie ont tressailli.

Noble fils des Héros, douce et frêle espérance,
Si le sort, loin de nous, eût placé ta naissance
Dans ces temps fabuleux, la honte des humains,
Des Prêtres, entourés de victimes sanglantes,
 Dans leurs veines fumantes
Auroient interrogé les décrets des Destins.

De tes jours fortunés annonçant les miracles,
La Sibylle du Tibre eût rendu ses oracles;
La Perse eût assemblé tous ses Mages fameux;
L'Elide eût fait parler de ses forêts antiques
 Les chênes prophétiques;
Et pour toi Babylone eût consulté les Cieux.

Moi, j'aurais de ton nom consulté le présage;
Du bonheur des Français ce nom seul est le gage;
L'Héritier de MOLÉ doit au Monde un Héros:
Déjà je vois Thémis qui, pleurant d'allégresse,
 Dans ses bras te caresse,
Te sourit tendrement, et te parle en ces mots:

« Rejeton précieux d'une tige adorée,
» Le Ciel enfin t'accorde à Thémis éplorée;
» Ma bouche te promet le destin le plus beau;

» Souviens-toi seulement qu'au jour de ta naissance

        » J'ai reçu ton enfance,

» Que mon temple sacré t'a servi de berceau.

    » Ah ! sans doute le Dieu qui préside à la guerre,

» Jaloux de mon bonheur et du bien de la terre,

» Osera t'inviter à marcher sur ses pas :

» Sans doute il t'offrira l'éclat de la Victoire,

        » Les palmes de la Gloire ;

» Mais qu'il n'espère point t'arracher de mes bras.

    » Que ses barbares mains, en ravages fécondes

» Des fleuves de l'Europe ensanglantant les ondes,

» Changent les beaux climats en de vastes déserts ;

» Sous son sceptre d'airain que les Arts se flétrissent ;

        » Que les peuples gémissent ;

» Avec moi, cher enfant, rends heureux l'Univers.

    » Déjà le crime tremble, et le faible Pupille

» Contre l'Usurpateur te demande un asile ;

» Entends ces cris de joie élancés vers les Cieux ;

» Et de l'astre du jour si ta tendre paupière

        » Peut souffrir la lumière,

» Contemple ce Palais où régnaient tes aïeux.

» C'est-là qu'ils protégeaient la timide innocence ;
» Là, l'auteur de tes jours enchaîne la licence ;
» Tu baiseras ces mains qui domptent l'oppresseur ;
» Dans ses embrassements tu puiseras la flamme
 » Qui brûle dans son ame,
» Et son cœur tout entier passera dans ton cœur.

 » Et toi, pour cet Enfant épurant ta lumière,
» Soleil, va préparer son illustre carrière ;
» Ouvre pour lui du Temps le palais immortel ?
» Choisis tes jours d'azur dans ces riches demeures ;
 » Que la troupe des Heures
» Se rassemble en riant sur ton char éternel.

 » Que l'innocent Plaisir sur leur front se déploie ;
» Que leurs yeux, embellis des rayons de la joie,
» Ecartent pour jamais le chagrin ténébreux ;
» Viens, descends, ô Bonheur, sur leurs brillantes ailes ;
 » Et que leurs mains fidèles
» Forment des plus beaux ans l'enchaînement heureux. »

Je vous apporte ici ses ordres absolus
Ces jardins fortunés ne vous reveront plus.

Vandechamp inv.ᵗ.   Déloaux f.ᵗ

LE DÉPART D'ÉDEN,

POËME.

———

Un soir, dans son berceau, le couple infortuné,
Pressé par ses remords, par le ciel condamné,
Ensemble nourrissant sa douleur recueillie,
Abandonnoit son ame à la mélancolie;
Et tous deux dans un triste et long embrassement
Suspendoient de leurs cœurs le tendre épanchement.

Adam rompt le premier ce lugubre silence:
O fille du Seigneur, rappelle ta constance,
Dit-il; notre malheur en a besoin. Tu vois
Quel deuil remplit ces lieux, si riants autrefois.

La nature est blessée : et notre vaste enceinte
De cette grande plaie offre par-tout l'empreinte.
Nos ruisseaux sont taris, nos arbres dépouillés ;
Du crime paternel nos neveux sont souillés ;
Sur eux notre malheur tout entier se déploie ;
Et Satan s'est promis une éternelle proie.
Contre tant de revers nous avons notre amour ;
Moins doux brille au couchant le reste d'un beau jour :
Mais, seuls, à tant de maux nous ne pouvons suffire.
Le vrai consolateur, c'est le Dieu qui m'inspire.
Eh bien ! présentons-lui les larmes du malheur ;
D'un cœur humilié Dieu chérit la douleur ;
Elle adoucit ses coups, conjure sa menace,
L'implore ou le bénit, rend ou demande grace ;
Et le courroux divin, content du repentir,
Remet dans le carquois le trait prêt à partir.
Mais à ses pleurs touchants, à ses saintes délices,
Tous les lieux ne sont pas également propices ;
Il en est d'où nos cœurs sur des ailes de feu
S'élancent avec force et s'élèvent à Dieu.

D'autres, de la ferveur amortissant la flamme,

N'ont rien qui plaise au ciel, rien qui parle à notre ame.

Vois-tu ce mont sacré qui du riant Éden

D'un front majestueux couronne le jardin?

Dans ce fertile enclos, privé de sa parure,

Lui seul a de ses bois conservé la verdure.

Chaque fois qu'au Très-Haut j'y vins offrir mes vœux,

Ses bénédictions descendirent des cieux;

Ou quelque ange du ciel nous porta les promesses,

Ou la terre pour nous redoubla ses largesses.

En des temps plus heureux, Dieu même, quelquefois,

Écouta sur ce mont nos innocentes voix,

Et, quand nos saints concerts célébroient ses louanges,

Oublia, pour nos chants, les cantiques des anges.

Là, j'espère aujourd'hui (partage mon espoir)

De ce maître irrité désarmer le pouvoir.

Eh bien! dit Ève, allons : par-tout où la prière

Peut adoucir pour toi la céleste colère,

Je te suis. À ces mots, tous deux se sont levés,

Et sur le mont divin sont bientôt arrivés.

La voilà, dit Adam, cette montagne sainte

Dont notre repentir consacrera l'enceinte !

Là, Dieu nous fut propice, ô ma chère moitié !

C'est toi qui dois d'abord implorer sa pitié ;

Ta douleur de ses mains fera tomber les armes.

Eh ! qui l'attendrira, s'il résiste à tes larmes !

Ève obéit ; trois fois elle prie, et trois fois

Ses sanglots redoublés ont étouffé sa voix.

Alors à son époux, tremblante, elle s'adresse :

Objet de ma douleur ! objet de ma tendresse !

Mon crime est trop affreux pour le justifier.

Hélas ! je dois gémir, et je n'ose prier ;

Et sur le Dieu vengeur que pourroit ma prière ?

C'est moi qui l'offensai, qui péchai la première.

Ta malheureuse épouse est odieuse au ciel,

Cher Adam ; c'est à toi de fléchir l'Éternel.

Mes vœux s'épureront en passant par ta bouche.

Que de nos cœurs soumis le repentir le touche.

Moins coupable à ses yeux, attendris-le pour toi;

Si ton amitié l'ose, implore-le pour moi.

Ai-je par mon orgueil attiré sa vengeance?

Mon cœur avec Satan fut-il d'intelligence?

Non; du fruit dont sa ruse exalta les effets

Je voulus avec toi partager les bienfaits.

Par lui, s'il se pouvoit, dans ma tendresse extrême,

Je voulus ajouter aux bontés de Dieu même.

Ce Dieu, qui me punit, m'ordonna de t'aimer;

Du feu qu'il alluma mon cœur dut s'enflammer;

Et ne devois-je rien à l'époux magnanime

Qui plaint mon infortune et me suit dans l'abyme?

Pouvois-je trop payer ton amour et ta foi?

L'objet de mon hommage après Dieu, ce fut toi.

Eh bien! j'espère encor; dans sa bonté féconde,

L'Éternel pour lui seul n'a pas formé le monde;

En achevant la terre, il a fini par nous.

Tu naquis pour ta femme, et moi pour mon époux.

Et que me font, sans toi, le monde et ses merveilles,

Des couleurs pour mes yeux, des sons pour mes oreilles?

Dieu prévit que toi seul pouvois remplir mon cœur ;

En nous donnant la vie, il nous doit le bonheur.

J'espère encore en lui : charmé de son ouvrage,

Lui-même dans tes traits imprima son image.

Voudroit-il l'effacer ? Non, perfide Satan !

Il ne veut pas deux fois abandonner Adam.

Lui-même il a maudit ta coupable victoire,

Et sur nos fronts encor fera briller sa gloire.

Je crois à sa pitié, bien plus qu'à son courroux ;

Notre foiblesse même aura plaidé pour nous.

L'archange criminel avoit brisé sa chaîne ;

Instruit de notre amour, il en arma sa haine.

Par lui le fruit mortel en mes mains fut remis,

Et nous souffrons d'un mal que Dieu même a permis.

Mais peut-être ma plainte irrite sa colère !

Tu m'aimes ; je n'ai plus de reproche à lui faire.

Je ne puis que bénir le pouvoir qui t'a fait ;

Que dis-je ? ses rigueurs sont peut-être un bienfait.

Jusque dans sa justice adorons sa clémence ;

Nos maux seront bornés, et sa grace est immense.

Pleure donc, gémis donc : ton Dieu t'écoutera ;
Tes cris iront au ciel, et mon cœur les suivra.

Tandis qu'elle parloit, dans la céleste voûte
De longs sillons de flamme illuminant sa route,
Un ministre du ciel, sur un char lumineux
Descendant lentement, sembloit venir vers eux :
Regarde, cher Adam, dit l'épouse craintive ;
Vers nous, du haut des cieux, un messager arrive ;
D'un air mêlé de grace et de sévérité,
Sur un nuage d'or, tout brillant de clarté,
Il vient. Nous sera-t-il ou fatal ou prospère ?
Faut-il trembler encore ? ou faut-il que j'espère ?
Je ne sais ; mais mon cœur me dit que, dans ce jour,
Cet ange va de nous disposer sans retour.
Avant qu'il ait de Dieu prononcé la sentence,
Hâte-toi, cher époux, d'invoquer sa clémence.
Peut-être nos remords, portés vers le saint lieu,
Sont, avec nos soupirs, arrivés jusqu'à Dieu.
Doux comme son souris, prompt comme son tonnerre,

2

Le pardon peut du ciel descendre sur la terre.
Tu me l'as dit cent fois; pour fléchir sa rigueur
Il ne faut qu'un moment, qu'une larme du cœur.
Oui, mon ame à l'espoir se livre tout entière.
Il en est temps encor; commence ta prière.

Son époux s'agenouille, et des sons gémissants
A l'oreille de Dieu vont porter ces accents :

Seigneur, je suis coupable, hélas! et ta puissance
Devoit mieux espérer de ma reconnoissance.
C'est par toi que je vis la lumière des cieux;
Toi-même ornas pour moi ces champs délicieux;
Je vivois seul alors; et dans ma solitude
Ève vint de mon cœur calmer l'inquiétude.
L'un pour l'autre tous deux nous étions l'univers;
Tes bienfaits partagés nous en étoient plus chers.
Pour celle qui charmoit mon séjour solitaire
Je devois, m'as-tu dit, me montrer plus sévère;
Je l'adorois, sans doute, et dans elle mes yeux

Croyoient en la voyant voir un rayon des cieux.

Pour elle mes remords accusent ma foiblesse;

Mais c'est toi qui formas sa grace enchanteresse.

J'ai perdu, pour lui plaire, et le monde et mes fils.

Eh! comment résister à celle que tu fis?

Dans l'œuvre de tes mains je t'aurois fait outrage;

J'aurois calomnié ton plus parfait ouvrage.

Que dis-je? mon malheur vient tout entier de moi;

Devois-je à sa beauté sacrifier ta loi?

C'est à toi qu'elle dut sa grace inexprimable;

Et plus tu la fis belle, et plus je fus coupable.

Je le suis; mais mon crime adresse à ton pouvoir

La voix du repentir, et non du désespoir.

Au bout de l'univers ton foudre peut m'atteindre;

Le péché l'alluma, le remords doit l'éteindre.

Que ton oreille s'ouvre aux cris de nos douleurs!

Tu nous laissas l'espoir en nous laissant les pleurs.

Abandonné par toi, c'est en toi que j'espère.

Permets qu'un fils ingrat tombe aux pieds de son père.

Dieu puissant, j'entendis ta foudroyante voix

Éclater sur les monts et gronder dans les bois.
J'entendis dans les airs, noircis par les orages,
Ton tonnerre à grand bruit déchirer les nuages;
J'entendis, par ton souffle avec force poussés,
Rouler, gros de débris, les torrents courroucés;
Mais ces foudres brûlants qui tonnent sur nos têtes,
Le fracas des torrents et le cri des tempêtes,
O mon Dieu! valent-ils, pour proclamer ton nom,
L'accent de la prière et la voix du pardon?

Si je ne puis pour moi désarmer ta justice,
Que sur moi seul au moins ton bras s'appesantisse!
Lorsqu'elle osa toucher à l'arbre du savoir,
Ève espéroit connoître encor mieux ton pouvoir;
Et plus digne de moi, du ciel et de toi-même,
Entrer dans les secrets de ta bonté suprême;
C'est moi qui la perdis. Au moment du danger
Mon amour vigilant devoit la protéger.
Tu m'avois confié sa fragile innocence;
Son bonheur fut détruit par un moment d'absence.

N'abandonne donc pas à toute ta rigueur
L'épouse que ta main choisit près de mon cœur.
Je dévoue à tes traits ma tête criminelle;
Mais tu me punis trop en te vengeant sur elle.
La voilà devant toi, redoutant tes regards,
Les yeux noyés de pleurs, et les cheveux épars.
Je ne demande plus cette beauté divine
Qui révéloit aux yeux sa céleste origine,
Et, lorsqu'ils descendoient dans ces terrestres lieux,
Rappeloit leur patrie aux envoyés des cieux.
Mais tends à ses remords ta main compatissante;
Pour être heureuse encor, qu'elle soit innocente;
Dans les larmes d'Adam lave son déshonneur;
Reprends-lui ses attraits, et rends-lui le bonheur.
Dans quelque horrible lieu que ta rigueur nous jette
Qu'elle soit ma compagne, et sur-tout ta sujette.
Le malheur nous unit; ah! jusques au trépas
Que j'allège ses maux et conduise ses pas.
Si ma main quelquefois peut essuyer ses larmes,
Le plus affreux désert aura pour moi des charmes.

2.

Dans ce cruel exil, qu'en tremblant je prévoi,
Nos repentirs unis s'élèveront vers toi.
Par-tout où, rappelant ce séjour de délices,
Quelques fleurs à nos yeux ouvriront leurs calices,
Tous deux sur un autel, élevé par nos mains,
Nous en ferons hommage au maître des humains.
Si pourtant nous pouvions sous nos riants ombrages
Cueillir encor nos fruits et bénir tes ouvrages!
Là, nous fûmes heureux! là, docile à tes lois,
Mon Ève m'apparut pour la première fois.
Non, je n'espère plus, parmi les chœurs des anges
Savourant l'ambrosie et chantant tes louánges,
Partager ton bonheur et ta gloire avec eux;
Que je sois auprès d'Ève, et je suis dans les cieux!

Ainsi parloit Adam, et la sainte milice,
Du char qui dans les airs légèrement se glisse,
S'abat sur la montagne; à leur téte est Michel,
Qui vient bannir d'Éden le couple criminel.

Cessez de vous flatter d'une espérance vaine,
Leur dit-il; du péché vous porterez la peine.
Le cri de vos remords, vos prières, vos vœux,
Ont frappé mon oreille en montant vers les cieux;
Mais il n'en est plus temps : l'homme plein de foiblesse,
Borné dans son pouvoir, borné dans sa sagesse,
Est dans ses volontés sujet au repentir.
Dieu, qui ne peut errer, ne peut se démentir :
Sa divinité même et sa sublime essence
Mettent une limite à sa toute puissance;
Il ne peut de ses droits accorder l'abandon.
Sa grandeur à lui seul interdit le pardon,
Et sa longue indulgence, en reprenant la foudre,
Par des coups éclatants a besoin de s'absoudre.
Aussi, comme l'éclair échappé de ses mains,
L'irrévocable arrêt du maître des humains,
Au but marqué d'en haut par son œil redoutable,
Porte de son courroux le trait inévitable.
Nul secret ne se cache au Dieu de vérité;
Nul attentat n'échappe à sa sévérité.

Venez donc, suivez-moi. Pour expier vos crimes,
Dieu se doit vos malheurs, il se doit des victimes.
Un jour, un jour viendra qu'un grand médiateur
Désarmera pour vous l'ange exterminateur.
Jusque-là vous devez, par un châtiment juste,
Satisfaire, en souffrant, à ce monarque auguste.
Je vous apporte ici ses ordres absolus.
Ces jardins fortunés ne vous reverront plus.
Il les avoit parés pour un couple fidèle :
Cette terre aujourd'hui vous rejette loin d'elle.
Je plains votre infortune; et même dans les cieux
Des pleurs, en l'apprenant, ont coulé de mes yeux;
Mais vous êtes jugés, et vos plaintes sont vaines.

Le sang d'Ève à ces mots se glace dans ses veines.
Cependant, au milieu du bataillon sacré,
Soumise, mais pensive, et le cœur déchiré,
Elle foule en passant les plantes défleuries,
Les arbrisseaux mourants, et les roses flétries.
À travers ces débris, sur ses pieds chancelants,

Entre Adam et Michel elle avance à pas lents.

La nature par-tout sembloit déshonorée.

Seule, moins languissante et moins décolorée,

Une rose restoit; mais ses jeunes boutons

Paroissoient à regret déployer leurs festons.

D'Ève, à travers ses pleurs, les yeux l'ont aperçue;

Sur son frêle calice elle arrête sa vue:

Fleur charmante, dit-elle, entre toutes les fleurs,

Toi dont avec plaisir je cultivois les sœurs,

Toi dont je parfumois ma couche nuptiale,

Avant que de mourir sur ta tige natale,

Sur tes rameaux souffrants laisse-moi te saisir;

C'est leur dernier tribut, et mon dernier plaisir.

Comme toi, je parois cette enceinte chérie;

Hélas! et comme toi le péché m'a flétrie.

Elle dit, la détache, et, suivant son chemin,

À l'envoyé céleste abandonne sa main.

En parcourant ces lieux, autrefois pleins de graces,

Par-tout du châtiment elle aperçoit les traces.

Son œil rencontre enfin le berceau nuptial,
D'où quelques fleurs pendoient sur le lit conjugal.
Son cœur à ces débris trouve encore des charmes :
Berceau chéri, dit-elle en le baignant de larmes,
Toi qui vis mon bonheur, connois mon désespoir !
Ah ! s'il faut te quitter, falloit-il te revoir !
Adieu, séjour de paix, d'amour et de délices !
Ici mes souvenirs sont autant de supplices,
Et mes plaisirs perdus, se changeant en douleurs,
De mes félicités composent mes malheurs.
Charmés de visiter nos demeures agrestes,
Ici m'apparoissoient les envoyés célestes.
Ici, je m'en souviens, du divin Raphaël
La consolante voix m'entretenoit du ciel.
Dieu même à nos regards s'y montra dans sa gloire.
Sortez, riants tableaux, de ma triste mémoire.
Ces beaux jours ne sont plus : le farouche Satan
A perdu, par mes mains, le malheureux Adam.
O vous, dont loin d'ici j'emporterai l'image,
Mystérieux abris, délicieux ombrage,

Anges qui visitiez autrefois ce beau lieu,

Paix du cœur, douces nuits, jours innocents, adieu!

Et toi, couche sacrée, où mon ame ravie

En commençant d'aimer crut commencer la vie;

Toi que baignent nos pleurs pour la dernière fois,

Quelle tu m'as reçue, et quelle tu me vois!

Dieu nous a retiré sa bonté paternelle;

Tu me vis innocente, et je pars criminelle!

Je pars avec douleur, hélas! et sans retour!

Ainsi, pleurant ces lieux si chers à son amour,

Du premier des humains la compagne chérie,

En quittant son berceau, croit quitter sa patrie.

Adam ne pleure point. Dans sa mâle douleur

Il voudroit porter seul tout le poids du malheur.

Tel le chêne, qu'embrasse une plante débile,

La défend de l'orage et demeure immobile.

Tout-à-coup il s'écrie : O ma chère moitié,

Écoute! écoute encor la voix de l'amitié!

Ainsi que toi, j'aimai ces riantes demeures,
Où, comme nos ruisseaux, couloient nos douces heures;
Mais quel charme aujourd'hui peuvent avoir ces lieux
Où j'armai contre moi la colère des Dieux?
Ce n'est plus cet Éden où la terre naissante
Répondoit avec joie à ma voix innocente;
C'est Éden profané par mon coupable orgueil;
Ici nos attentats répandirent le deuil,
Et mon ingratitude, en désastres féconde,
Des promesses du ciel déshérita le monde.
Ces plaines, ces coteaux, à nos regards si doux,
Tout ce qui nous fut cher dépose contre nous.
Je pars; mais dans mon cœur j'emporte l'espérance :
L'espoir marche toujours auprès de la souffrance.
Non, mes vœux les plus chers ne seront point trahis.
Dieu nous eût séparés, s'il nous avoit haïs.
Sa bonté se fait voir dans sa justice même;
Chère épouse, on n'est point malheureux quand on aime !
Nos cœurs étoient unis dans la prospérité;
Ils resteront unis contre l'adversité.

Quelle douleur ne cède à ta douce présence !

Je puis braver l'exil, mais non pas ton absence.

L'un par l'autre, en un jour, nous nous sommes perdus !

Mais pour nous le malheur est un lien de plus.

Viens ; ma main essuîra tes larmes, et les miennes

Perdront leur amertume en se mêlant aux tiennes.

A ce discours touchant, le terrible Michel

Sembloit presque oublier l'ordre de l'Éternel ;

La pitié dans son cœur désarmoit la vengeance.

D'un envoyé de Dieu la céleste indulgence

Tempéroit ses regards, et de son fer divin

Les éclairs adoucis s'éteignoient dans sa main.

Mais enfin, d'un air doux à-la-fois et sévère

Remplissant à regret son triste ministère,

A la porte d'Éden il les conduit tous deux,

Et console en ces mots leur exil rigoureux :

Couple aimable ! d'Éden vous touchez la limite.

C'en est fait ; mais je dois, avant que je vous quitte,

Contre votre infortune armer votre raison.

Voyez s'ouvrir au loin cet immense horizon.

Là vous retrouverez encor la Providence,

Et pour vous le travail produira l'abondance.

Pourtant n'espérez pas, dans ce séjour nouveau,

Un bonheur toujours pur, un destin toujours beau.

Peut-être vos enfants feront couler vos larmes;

Peut-être, pour vos cœurs nouveau sujet d'alarmes,

Leurs discords troubleront votre félicité,

Et leur mère, pleurant sur sa fécondité,

Verra s'ouvrir par eux les scènes de la guerre.

Hélas! le vrai bonheur n'est point fait pour la terre!

Votre ame peu long-temps en goûta les douceurs,

Et votre Éden lui-même a vu couler vos pleurs.

Mais le ciel, si vos cœurs souffrent avec courage,

Vous dédommagera de ces moments d'orage.

Là, Dieu lui-même un jour bénira votre hymen;

Là fleurira pour vous le véritable Éden.

Jusque-là l'Éternel, tempérant vos disgraces,

De sa juste vengeance effacera les traces.

Les éléments, que Dieu déchaîna contre vous,
Serviront ses bontés bien plus que son courroux.
Les chaleurs mûriront la grappe fécondée ;
Le ciel vous versera la bienfaisante ondée.
La tempête elle-même, en balayant les airs,
Des infectes vapeurs purgera l'univers,
Et le foudre indulgent d'un maître moins sévère
Vous dira sa puissance et non pas sa colère.
Des volontés du ciel ministre obéissant,
Mais de votre malheur ami compatissant,
Moi-même quelquefois des célestes demeures
Je viendrai du travail vous adoucir les heures ;
Votre inexpérience entendra mes leçons :
De vos champs paresseux je hâterai les dons ;
Vous me verrez souvent dans vos nouveaux domaines
Alléger vos travaux et soulager vos peines,
Et parmi la rosée, en ce séjour mortel,
Vos jeunes plants boiront quelques larmes du ciel.
Nourrissez dans votre ame avec persévérance
Et l'humble repentir et la douce espérance.

Tous les deux à profit mettez votre malheur.

Dieu n'a pas sans dessein affligé votre cœur ;

Que de ses châtiments et de votre disgrace

L'exemple salutaire instruise votre race.

Quand, loin de ce beau lieu, qui nous vit tant de fois,

Ou savourer vos fruits, ou visiter vos bois,

Au lieu de cultiver cette plaine si belle,

Il vous faudra lutter contre un terrain rebelle,

Et du sillon ingrat, creusé péniblement,

De votre faim pressante arracher l'aliment.

Dites à vos enfants, devenus vos victimes :

Voilà votre destin et le prix de nos crimes.

Du mal qui vous punit ils ont tous hérité ;

Qu'ils en léguent l'histoire à leur postérité,

Et que de leurs récits l'impression profonde

Courbe tous les humains sous le maître du monde.

Oh ! combien je voudrois dans les plus doux climats

Vous choisir un asile et diriger vos pas !

Mais il est temps que j'aille au Dieu de la clémence

Annoncer vos douleurs et votre obéissance.

Prosterné devant lui, j'implorerai pour vous
Des jours moins rigoureux et des destins plus doux.
Vous, ne murmurez point contre l'Être Suprême;
Le murmure est un crime et la plainte un blasphème
L'impatience aigrit le chagrin douloureux,
Et les cœurs résignés ne sont point malheureux.
Du bonheur à la peine endurez le passage;
Des arts consolateurs faites l'apprentissage;
Que la terre pour vous soit un nouveau jardin,
Et dans ce lieu d'exil refaites votre Éden.
Entourés de vos fils et de vos fleurs naissantes,
Vous lèverez au ciel vos mains reconnoissantes,
Et vos chants d'alégresse et vos hymnes d'amour
Du soleil renaissant salueront le retour.
Ainsi l'affreux Satan aura perdu sa proie;
Et le ciel, qui vous plaint, vous devoit cette joie.

Il dit, prend son essor, remonte vers les cieux,
Et long-temps dans les airs ils le suivent des yeux

3.

DESCRIPTION

DE

L'ARCADIE.

—

L'Arcadie est un fragment des beautés de la Grèce, dans lequel on trouve des traces du culte et des usages de l'antiquité, conservé par les arts, embelli par la nature. Une fontaine en fait l'entrée; les arbres fruitiers qui l'ombragent rappellent celle de Palémon, dont la bienfaisance rafraîchissoit les voyageurs dans leurs courses

pénibles. Deux cabanes charmantes sont
près de là ; l'inscription de la fontaine,

On ne jouit d'un bien qu'autant qu'on le partage,

annonce l'hospitalité. Des milliers de
fleurs, qui bordent le sentier par lequel
on sort de ce lieu paisible, offrent par
leur éclat et leur parfum un tribut pour
celui qui veut offrir un hommage à
un sentiment quelconque, dans une île
presque impénétrable par la hauteur et la
quantité d'arbres qui la couvrent. Sous
leur ombre, sont placés, à des distances
assez considérables, les autels de l'Amour,
de l'Amitié, de l'Espérance, de la Reconnoissance, et des Souvenirs. Il y en a un
consacré aux poëtes qui savent si bien
exprimer ce que nous ne pouvons que

sentir. Pour passer dans l'île, il y a un petit bateau que l'on fait aller soi-même. Il ne peut contenir que deux ou trois personnes. Il est attaché d'un côté par une ancre accrochée à une pierre immense consacrée à l'Espérance, de l'autre à un anneau que tient un sphinx en marbre. C'est l'emblême du mystère. En repassant, on revient à un sentier obscur qui mène à une grotte par laquelle on va grimpant de pierre en pierre jusqu'à un réduit gothique, asile de la mélancolie. On en sort par des arcades qui disputent avec les arbres de hauteur et d'ancienneté. Ce chemin mène à un arc hardi d'une grande proportion dans le style grec, que les révolutions ni les plantes parasites qui le couvrent n'ont pu détruire. Cet arc fait,

pour ainsi dire, le cadre d'un immense
tableau; des bosquets toujours fleuris, au
milieu desquels on voit le temple. De ce
côté, il présente six colonnes d'ordre ioni-
que. La frise porte l'inscription imitée de.
Mihi me reddentis agelli..... d'Horace, ren-
due en italien : *M'involo altrui per ritrovar.*
me stessa. Le calme du bonheur que cela.
annonce est en partie rempli par le silence et la tranquillité de ce paysage. On
parvient en jouissant de cette harmonie
de la nature aux portes du temple. Il est
magnifique, et presque au-dessus de toute
description. La porte est en bois des Indes, la clef en acier poli, enrichie de dia-
mants. Le vestibule est rond; un amour
dans une niche l'éclaire de son flambeau.
Plus loin, un musée en peinture de tout ce

qu'il y a de plus beau en camées, vases
étrusques, lampes, fragments d'inscriptions et de bas-reliefs, occupe le voyageur
curieux. Tous les meubles y sont antiques,
ou faits d'après l'antique. En sortant de là
on passe par un couloir, à côté de la statue du silence, pour entrer dans le sanc-
tuaire. C'est une rotonde magnifique, dont
l'aspect est imposant. L'ensemble trans-
porte l'imagination aux temps des oracles.
Les murs sont de marbres blancs, les colonnes de *giallo antico*. Des statues de ves-
tales portent des vases d'albâtre qui semblent être encore destinés au feu sacré. Sur
un autel antique, entouré de caisses magnifiques contenant des orangers, des
myrtes, des jasmins, reposent des milliers
d'offrandes, répandues aussi sur les gra-

dins, que les curieux, les amis, les voyageurs y ont déposées. Il y en a de tous les
genres. Une grande partie sont des vases,
des cassolettes, des trépieds, etc.... Der-
rière l'autel est une glace immense d'une
seule pièce, dans laquelle, en s'en appro-
chant, on aperçoit l'Amour tapi pour sur-
prendre ceux qui viennent y faire des sa-
crifices. Cet Amour est peint par madame
Lebrun. La coupole est peinte par un François, nommé Norbelin, très habile dans
son art. On y voit l'Aurore conduisant les
chevaux du Soleil. Un orgue magnifique
dans un cabinet attenant ajoute à la magie
du lieu. En sortant de l'autre côté du temple, la vue plonge sur un lac animé par
une rivière qui y grave son cours, portant
l'écume d'une chute qui tombe au travers

des restes d'un ancien aquéduc. Le rideau d'un bois épais et sombre termine
cette scène arcadienne, et sert de fond au
tableau, qui rappelle les Claude Lorrain,
quelquefois les Berghem, quand le bétail y
revient lentement au coucher du soleil.
Mais qui mieux que le chantre des jardins,
dont la nature est la palette, le génie les
pinceaux, et les vers la fraîcheur même,
peut en rendre les effets? En s'éloignant on
passe sur les débris de l'aquéduc pour
aller sur l'autre rive, d'où l'on voit l'autre
façade du temple au travers de la fumée
des cassolettes qui ornent le quai et les
marches. Elle monte depuis l'eau jusqu'au
haut du portique, qui est de quatre colonnes, avec un fronton, sur lequel est l'inscription suivante: *Dove pace trovai d'ogni*

4

mia guerra. On parcourt des collines, des bosquets jusqu'à une enceinte de grands arbres, où l'on trouve une tente. A côté de la tente est suspendu le bouclier et la lance d'un ancien chevalier avec sa devise. Plus loin on découvre un salon de cristal, dont les panneaux enchâssés dans le bronze et le bois de Mahony sont d'une grandeur inimaginable. A travers chaque panneau on découvre les plus belles vues de l'Arcadie. Tous les ornements en cristaux et les meubles en schals des Indes rappellent dans ce beau cabinet les féeries des Mille et une Nuits. De là, en poursuivant des sentiers variés, on arrive à un lieu consacré au dieu Pan. Sa statue, adossée dans une niche, est entourée de tous les attributs du dieu des bergers. A côté de la niche est une petite porte en pierre, par laquelle on entre dans un verger précédé d'un tapis de fleurs, entouré d'un mur fait tout entier de débris de divers bâtiments, comme chapiteaux, frises, fragments, morceaux tous rapportés, et mêlés de mousses et de plantes rampantes. Sous les arbres de ce verger sont placées des ruches, et l'on peut dire dans ce beau lieu

De ses parfums divers embarrassoit l'abeille.

Ce verger fait face à une ruine. Il semble que les bergers de l'Arcadie en ont dérangé l'architecture pour y établir leurs rustiques travaux. Ces belles ruines, ornées de quelques colonnes, bas-reliefs, renferment à présent des moutons, dont les clochettes et le bêlement retentissent

dans les voûtes où jadis peut-être ils ser-
virent de victimes. Quelques sarcopha-
ges, des urnes, des cuves de marbres précieux, à présent à l'usage des propriétai-
res, servent d'abreuvoirs, de siéges, et
sont en partie recouverts de vignes, de
clématites, dont les festons s'étendent jusqu'à deux rangs de colonnes qui aboutis-
sent à la grande porte d'entrée, par laquelle on découvre un ancien château situé à une demi-lieue de l'Arcadie. En suivant le cours de la rivière à droite, on arrive à une île de peupliers qui ombragent
un monument de marbre noir, dans lequel on voit une figure de femme en marbre blanc, dans l'attitude du repos, copiée
d'après la sainte Cécile du Bernin. L'inscription si connue, *Et moi aussi j'ai vécu*

en Arcadie, est changée ici ; et on lit : *J'ai fait l'Arcadie, et j'y repose.* La belle, l'intéressante princesse Radziwil , brillante encore de jeunesse et de fraîcheur, a fait cet asile pour y reposer un jour. De l'autre côté de l'île s'élève une colline , sur laquelle pose une chapelle de marbre noir. Sa belle architecture, les tableaux qui la décorent en dedans, des inscriptions, tout se réunit pour plonger l'ame dans de profondes réflexions. Cette chapelle est consacrée à une fille charmante et tendrement chérie que la princesse Radziwil a perdue. Il est impossible de ne pas être touché en y entrant, bien que cette mère, si intéressante dans sa douleur, ait rassemblé dans les tableaux de la chapelle tout ce qui peut consoler une ame profondé-

4.

ment atteinte, par l'idée de l'immortalité
et d'un Dieu bienfaisant. En sortant de là
on revient par un autre chemin à la chute
d'eau, dont le murmure endort les peines
présentes dans les songes de l'avenir.

La princesse Radziwil, transportée par
le bonheur de voir l'Arcadie dans votre
poëme, a employé un temps considérable
à la description de ce lieu chéri, dont jamais elle n'étoit contente. A la fin, elle me
l'a envoyée; j'ai cru devoir l'abréger, et j'en
ai supprimé beaucoup de petits détails. Je
me hâte de vous l'adresser. S'il n'est plus
temps, peut-être trouvera-t-elle place dans
les notes. Ce sera une consolation pour
elle.

DESCRIPTION

DE

PULHAVIE.

———

Avant de détailler Pulhavie, je tracerai le local et la situation. Pulhavie est situé dans le palatinat de Lublin, sur une colline qui se prolonge le long de la Vistule. Le château est au sommet. Une partie des jardins se trouve de niveau avec le château, une autre sur la pente, le reste touche la rivière. Au levant et au nord est

un bois de chênes, de tilleuls, de sapins.
Ce bois, percé en allées, est d'une vaste
étendue, et réunit plusieurs grandes routes. Au midi, on voit des montagnes dont
quelques unes sont brisées ; d'autres sont
couronnées par des châteaux anciens, dont
les ruines sont très pittoresques. Le prin-
cipal est celui de Casimir. Il a été bâti en
1326 par Casimir-le-Grand, un de nos
meilleurs rois. Du midi au couchant coule
la Vistule dans une très grande largeur.
Au bas du jardin, elle forme une île très
considérable; plus loin, elle se prolonge
dans toute son étendue. La rive opposée
est garnie d'arbres immenses, de villages
situés sur une rive pareillement un peu
montueuse. Vis-à-vis de Pulhavie est bâ-
tie une maison de campagne, à laquelle

le propriétaire a donné l'extérieur du temple de Vesta, très bien exécuté; elle est
ombragée par d'immenses chênes et quelques peupliers, et fait, pour mon jardin,
un point de vue charmant. Telle est la situation de Pulhavie; en voici les détails.
La principale beauté de Pulhavie, ce sont
les arbres; par leur ancienneté, leur grandeur, leur beauté et leur nombre, ils sont
véritablement à citer. Une autre parure
que la nature y a placée, c'est un fleuve superbe, toujours couvert de bâtiments de
transport, de bateaux et de barques. Les
jardins d'en haut, qui sont de niveau avec
le château, sont arrangés nouvellement
dans le genre anglois. Les vieux arbres
plantés par nos aïeux en forment le fond.
Les bosquets sont variés par tout ce qui se

soutient dans nos climats. Les gazons sont
de la plus grande beauté. A gauche, vous
voyez au milieu des bosquets une pelouse
sur laquelle s'élèvent deux bouleaux immenses, dont les branches flexibles retombent depuis le sommet jusque sur le gazon. Ce genre de bouleau est comme le
saule pleureur, et se dessine encore mieux.
Les deux dont je parle couvrent de leur
ombre un monument en pierre de taille
très simple, avec cette inscription : *Monument des anciennes amitiés.* Sur les côtés,
on a gravé les noms de quelques personnes qui, depuis plus de vingt ans, font notre petite société, et embellissent ma vie
par l'intérêt le plus touchant et les soins
les plus tendres. En suivant des routes du
même côté on découvre une orangerie en

colonnade, dont la façade fait un point
de vue charmant. Cette orangerie contient
les plus belles plantes et les plus rares.
Sur un des angles de la colonnade on a
gravé ce vers de Virgile :

Hic omnes arbusta juvant humilesque Myricæ.

Du même côté, on parvient à l'ancienne
limite du jardin. C'est un chemin creux
pratiqué dans un ravin, qui est en même
temps une grande route de poste très fré-
quentée. On a jeté un pont de pierre par-
dessus, et le jardin continue de l'autre côté. A droite, on voit le grand chemin qui
passe sous des peupliers immenses; à
gauche, les champs et le bois; la vue se
prolonge dans toute l'étendue d'un pays

très varié, et le jardin, à l'aide de ce que
les Anglois appellent *deception*, semble
n'avoir pas de bornes. En tournant de là
sur la droite vous longez une partie du
jardin, qui est très agreste ; des ravins, des
prairies naturelles et des touffes de très
beaux arbres ; ensuite un petit bois qui
couvre la pente ; sur un des ravins, un pont
de pierre dans le genre gothique vous mène
sur un bord escarpé au-dessus d'un bras
de la Vistule. Sur ce bord s'élève un temple tout entier en pierre de taille, fait sur
le modèle exact et sur les mêmes mesures
absolument que celui de la Sibylle à Ti-
voli. La seule différence, c'est.qu'il n'est
point en ruines, mais absolument achevé.
Comme je n'aime point les bâtiments quel-
conques, quand ils n'offrent en y arrivant

aucun but, j'ai rassemblé dans ce petit temple des collections de plusieurs genres que j'ai faites depuis bien des années. Ce sont principalement des souvenirs de personnes célèbres et d'événements qui ont le droit d'intéresser : des portraits, bagues, chaînes, coupes, armures, meubles, lettres, livres, manuscrits, vases, médailles, etc...... Un côté est consacré à ma patrie, l'autre rassemble des souvenirs de la France, de l'Angleterre, et d'autres pays. Je me plais à revoir réunis dans cet espace bien peu étendu des objets qui, dans leur origine, n'étoient pas faits pour être ensemble : le masque de Cromvell à côté de celui de Henri IV ; une chaîne de Marie Stuart à côté des *Heures* de Marie-Antoinette ; la chaise de Shakespeare à côté

5

de celle de J.-J. Rousseau; le cornet à
poudre de Henri VIII à côté de l'épée de
Charles XII; un vase de coraux, qui a appartenu à Laurent de Médicis, à côté des
lettres originales de madame de Sévigné.
Je ne finirois pas si je voulois nommer et
détailler ce que produisent quelquefois
les déplacements momentanés de toutes
mes richesses dans ce genre; mais je dois
ajouter ici que mes larmes coulent souvent quand je passe du côté où je retrouve
les souvenirs de ma patrie, de ce pays si
cher à mon cœur, où je vécus depuis mon
enfance, où je fus heureuse fille, heureuse
femme, bien heureuse mère, heureuse
amie. Ce pays n'existe plus; il est arrosé
de sang, et bientôt le nom même en sera
effacé. En sortant du temple et en conti-

nuant à marcher vers le côté gauche, vous
arrivez à une petite pelouse, entourée de
collines très brisées. Sur le penchant d'une
de ces collines j'ai élevé un monument de
marbre blanc, que j'ai consacré à mon
beau-père et à ma belle-mère, en reconnoissance du bonheur dont je jouis par
la possession de Pulhavie, dont en partie
les beaux arbres sont plantés par eux. Ce
monument a été fait à Rome, sur les pro-
portions et sur l'exacte modèle du tombeau des Scipion. Il est très grand, d'un
beau style, et d'un très beau marbre. En
longeant la côte, un sentier charmant méne
à un ravin profond. On le passe sur un
pont qui aboutit à une petite porte en
pierre. En l'ouvrant, la transition est frap-
pante, cette porte donnant sur un gazon

superbe et très soigné, et sur une multitude d'arbustes et de fleurs. Ce sont les
possessions de ma fille, la princesse de
Wurtemberg, qui demeure toujours avec
nous. Marie est son nom; ce gazon et ces
fleurs offrent son image. Une ame céleste,
un caractère angélique, une figure charmante, des talents, des vertus, et bien des
malheurs, voilà son histoire. En suivant
une route embaumée entre ces bosquets
fleuris, on parvient à un pavillon d'ordre
corinthien, le plus joli du monde. C'est là
qu'elle demeure; c'est là qu'elle fait mon
bonheur et celui de tout ce qui l'entoure.
Sur le frontispice de sa maison, elle a gravé ce vers d'Horace :

Iste terrarum mihi præter omnes angulus ridet.

Cet endroit, d'après le nom de Marie, est appelé Marynki; le bras de la rivière sépare Marynki d'avec l'île; un pont y conduit. Cette île est un des beaux endroits de Pulhavie. L'extréme fraîcheur des gazons, où de très belles vaches paissent en liberté, des arbres immenses et d'un genre propre au pays, en font un ensemble ravissant. Ces arbres sont des peupliers qui ne viennent que sur les bords de la Vistule, et qui parviennent à une hauteur prodigieuse; leurs troncs sur-tout sont très remarquables. En devenant vieux, ils se couvrent de nœuds, qui se placent comme des cercles autour du tronc, régulièrement de distance en distance; ces nœuds se couvrent de petites feuilles, et forment comme des couronnes qui enlacent ces ar-

5.

brès magnifiques, lesquels en vieillissant
deviennent immenses. Leurs troncs alors
semblent porter non des branches, mais
d'autres arbres. Il y a environ deux cents
peupliers de cette espèce sur l'île; sous
leur ombre, j'ai placé des étables, des lai-
teries, et quelques cabanes. Plus loin, on
repasse par un autre pont pour rentrer au
jardin; on se trouve alors dans un sentier
qui conduit le long d'une suite de roches
d'un assez beau genre, où l'on peut remarquer de belles grottes à deux étages,
d'une vaste étendue et d'une belle qua-
lité. Les grottes sont anciennes; mais
je me suis plue à les perfectionner. Il y en
a une dont la base est baignée par la
rivière; une autre dont la forme cintrée
ressemble à une chapelle. J'y ai gravé

sur un bloc cés deux vers de Racine :

L'Éternel est son nom.............

En passant par une des grottes, on se
trouve dans un endroit fort solitaire. Là,
s'offrent à la vue deux vieux peupliers
presque renversés, mais garnis de leurs
feuilles. Au-dessus de leurs rameaux est
une pierre immense consacrée au passé.
Je n'ai vu personne qui ne s'arrêtât avec
intérêt auprès de ce monument. Chacun
y retrouve un souvenir, et chacun dans
le passé se rappelle ou son bonheur ou ses
peines. Au travers des rameaux des branches des deux peupliers et au-dessus du
monument du passé, on aperçoit une sail-
lie dans le rocher, que l'on remarque, quoi-

qúe enfoncée en arrière. Cette pointe de rocher est à un ami bien cher que j'aimois tendrement, que j'ai perdu. Le long des rochers est une cabane de pécheurs, quelques vieilles voûtes très pittoresques, un escalier taillé dans le roc ; cet endroit est entremêlé de plantes et d'arbustes. De là on passe dans la partie du jardin qui touche à la Vistule même. C'est là que s'élèvent les plus beaux arbres, dont l'immense hauteur atteste l'ancienneté. Des chênes, des ifs, des peupliers, y forment une continuité de berceaux, où l'on se proméne à l'ombre à toute heure. Par-dessous on découvre le fleuve dans toute sa majesté. Le soir d'un beau jour d'été, la rivière vers le couchant est pourpre, et du côté de l'île, dans le temps où la lune se léve de bonne heure,

à la même époque du jour, elle est argentée.
Ce coup d'œil est unique dans son genre.
A l'extrémité du jardin, de ce côté-là, on
voit environ quarante marroniers de la
plus grande hauteur et de la plus vaste
étendue. Au milieu de ce bosquet de marroniers sont disposés six grands jets d'eau
qui s'élèvent au-dessus des arbres, et retombent entre les branches. Je ne vous
fatiguerai pas d'une plus longue description. J'ajouterai seulement qu'au-delà des
marroniers on se trouve dans un joli hameau, où un ruisseau charmant coule sur
un lit de cailloux entre des arbres superbes.
C'est là qu'est placée une pierre immense
consacrée à l'auteur du poëme *des Jardins*.
Un peuplier la couvre, un ruisseau l'arrose ; une prairie qui borde d'un côté le

ruisseau sert de salle de jeux et de bal tous les dimanches à une troupe d'enfants et de jeunes personnes : c'est ma manière de vous rappeler à tout ce qui m'entoure. A Marynki, chez ma fille, il y a une source d'eau vive ombragée d'acacias et de cytises. A côté de la fontaine, un bas-relief vous est consacré, avec cette inscription : *Il aima la campagne, et sut la faire aimer.* Je finirai ces détails en vous parlant d'un petit jardin séparé qui tient à mon appartement. Il est entouré d'une haie vive, et ne contient que des fleurs les plus rares, et en quantité. Un seul bouquet d'arbres y est planté de ma main. Ce sont quelques peupliers d'Italie, quelques acacias et des lilas. Au milieu on voit un autel en marbre blanc. Au bas j'ai gravé ces mots : *A*

l'Être Suprême pour mes enfants. Voilà le
lieu où j'habite avec mes enfants, mon
mari, et mes amis. Voilà le lieu où vos ouvrages charmants sont lus, relus, admi-
rés. Voilà le lieu qui peut-être, dans le
cours d'une révolution nouvelle, sera
anéanti comme tant d'autres, et dont je
desire que le nom et le souvenir passent à
la postérité dans vos vers : c'est une manière de reconnoissance pour ce Pulhavie,
où je vis heureuse, que de lui donner un
brevet pour l'immortalité. Sans décrire
tous les détails de cet endroit, j'ai cependant donné une grande étendue à ma description ; mais ne me faites pas le tort de
croire que je veuille que vous parliez de
tout ce qui s'y trouve. J'ai mis sous vos
yeux ce qu'il y a de plus marquant, et

vous choisirez ce qui vous paroîtra le plus
intéressant. Je ne dois pas oublier encore
un objet qui n'est point exécuté jusqu'à ce
moment, mais qui le sera dans peu. Depuis que je voyage, j'ai toujours eu le goût
des souvenirs des choses intéressantes dans
le passé. Entre beaucoup d'autres collections, j'ai ramassé une quantité de fragments d'anciens bâtiments de tous les pays
de la terre. J'ai des pierres de Constanti-
nople, des bas-reliefs de Rome, une pierre
du Capitole, vingt briques de la Bastille,
que j'ai apportés moi-même. J'ai un morceau d'une frise du château de Marie d'É-
cosse, un fragment d'un ancien temple de
Druides, que j'ai trouvé en Écosse. Enfin
j'ai une multitude de pierres intéressantes,
avec des inscriptions, des sculptures, et

autres. Je vais faire une petite maison gothique où toutes ces pierres seront ins-
crites avec des marques pour les reconnoître. Cette maison sera la demeure de
celui à qui sera confiée la garde de tout mon
petit muséum. Elle sera placée de manière
qu'on ne la verra qu'en entrant dans l'enclos où elle sera située, pour ne pas mêler
son coup d'œil gothique avec la belle architecture du temple. Je ne vous fais pas
la description du monument pour mes auteurs favoris ; vous la connoissez déja. C'est
là qu'on vous dit : *Au-dessus de Gesner, et
bien près de Virgile.*

De très violents maux de tête m'ont em-
pêchée d'écrire correctement. Pardonnez
ce barbouillage.

A LA PRINCESSE ***

MADAME,

J'avois retardé pour vous la réimpression de mon poëme; je l'aurois cru incomplet, si vos jardins n'y eussent tenu la place qu'ils méritent. On se forme d'avance la figure des grands personnages qu'on se promet de voir; la même chose m'est arrivée à l'égard de vos jardins. Je m'en étois tracé d'avance l'image la plus avantageuse; et la peinture que vous en

avez faite me prouve que je les avois presque devinés. Il me semble que j'avois déja
vu vos bosquets, vos grottes, vos rochers;
le style enchanteur dont vous les dépei-
gnez est la seule chose dont je n'avois pu
me faire une idée. Le choix des inscriptions n'est pas ce qu'il y a de moins heureux dans les ornements du séjour ravissant dont vous avez bien voulu me tracer
une peinture si agréable. Jamais Virgile
n'a eu tant d'esprit que dans les applica-
tions heureuses que vous faites de ses vers.
Mon poëte auroit été surpris s'il avoit pu
prévoir que ses passages seroient tournés
en éloges pour son traducteur, qui les a si
souvent affoiblis. Votre description est
elle-même un charmant poëme; mais malheureusement il me reste peu de place: je

serai forcé d'abréger la peinture de quelques autres jardins pour donner au vôtre sa juste étendue. C'est ainsi que Virgile invitoit le scorpion à se replier pour faire place à l'astre de César :

Tibi brachia contrahit ardens
Scorpius, et cœli justa plus parte relinquit.

Vos citations latines, MADAME, m'autorisent à citer des vers latins. Il ne me reste qu'un regret; c'est de ne pouvoir parcourir qu'en idée des lieux pleins de vous et de Virgile. Je voudrois pouvoir m'y transporter, et changer mon petit monument en autel, où je vous offrirois en échange et vos fleurs et mes vers.

Je suis donc réduit à choisir dans votre

G.

description ce qu'elle offre de plus brillant et de plus pittoresque. Le reste em-
bellira mes notes, et malheureusement le
charme de votre prose accusera la foiblesse
de mes vers.

Je ne puis deviner pourquoi vous avez
retardé l'envoi des jardins de l'Arcadie;
les peindre sur les lieux, et d'après nature,
auroit encore été un de mes plus ardents
desirs, et j'aurois voulu pouvoir dire aussi :
Et ego in Arcadia.

EPITRE

A DEUX ENFANTS VOYAGEURS.

———

Enfin vous l'allez voir ce continent si vaste.

    Vous partez dans vos jeunes ans,

  Quand vos esprits, vos organes naissants,

   Peuvent saisir chaque contraste.

Mais souffrez qu'un vieillard, sans rudesse et sans fa

Par votre aimable accueil dès long-temps prévenu,

Et profitant pour vous de tout ce qu'il a vu,

    De loin vous montre sur la route

    Les dangers qu'il faut qu'on redoute,

  L'ennui, l'orgueil, et la légèreté.

  Dans chaque empire et dans chaque cité,

De voyageurs une foule pullule;
Chacun a sa marotte et tous leur ridicule :
    L'un, à la suite d'un cartel,
Qui veut du sang, pour un mot, pour un geste;
    Bien loin du séjour paternel,
    Victime d'un orgueil funeste,
S'en va mourir d'ennui sur les bords du Texel :
    Un coup d'épée eût été moins mortel.

    L'autre, promeneur solitaire,
    Et voyageur apothicaire,
Va chercher sur les rocs, sur la cime des monts,
Dans le fond des forêts, dans le creux des vallons,
La plante du centaure, ou l'herbe vulnéraire,
    Ou le salubre capillaire;
Et, fier de son butin lentement recueilli,
Revient la tête vide, et son herbier rempli.

Cet autre, préférant les arts à la nature,
Va chercher la moderne ou vieille architecture;

Il est heureux, s'il sait, à la rigueur,
   Combien Saint-Paul a de longueur,
   Combien tous les temples du monde
Le cèdent en hauteur à la grande rotonde
   Qui, s'élevant *ecessivamente*,
Va porter jusqu'aux cieux le nom de Bramante.
En maçon très chrétien il a couru la terre,
Vu tous les patrons goths, grecs, gaulois, ou romains,
   Les temples celtes et germains.
   Il part, revole en France, en Angleterre,
Il compte en masse, hélas! et souvent en détail,
La nef d'Amiens, de Reims le célèbre portail,
Et du chœur de Beauvais le superbe travail,
Et les vitraux de Tours, précieux à l'histoire,
Où plus d'une famille a retrouvé sa gloire;
Les forts de Valencienne et ceux de Luxembourg,
Et les rocs dentelés du clocher de Strasbourg;
L'Escurial, le Louvre, et Saint-Roch, et Saint-Pierre,
Leurs châsses, leurs cercueils, le mur qui les enserre,
   La grille dont ils sont enceints;

Enfin ses longs discours, ses récits, ses dessins,
Pleins d'autels, de tombeaux, et de marbre et de pierre,
Même aux dévots font redouter les saints.

L'autre à bien festiner met sa philosophie;
Où l'on mange et boit bien est sa géographie;
Il voyage en gourmand; il compare en chemin
La truite de Genève à la carpe du Rhin,
Les pleurs du Christ au cru de Chambertin,
Le Calabrois, le Santorin,
Dont un volcan féconda le terrain,
Les vins pourris dans les fosses d'Espagne
Au vieux nectar qu'en plus d'une campagne
Nos grenadiers françois buvoient, le sabre en main,
Dans les foudres de l'Allemagne.

Tantôt son savoir bien nourri
S'en va, d'auberges en auberges,
Chercher dans quels climats, sous quel ciel favori,
Les pois nouveaux et les asperges,

Pour complaire à sa volupté,

Préviennent le printemps, survivent à l'été.

Aux champs de la Romagne, aux îles de l'Attique,

Dans sa gourmandise classique,

Il demande en courant le Chio, le Massique

Qu'Anacréon et qu'Horace avoient bus,

A qui leur verve poétique

Paya de si justes tributs.

Il veut savoir quel vin moderne

Remplace le Cécube, et tient lieu du Falerne.

Il ne s'étonne pas que les arts soient perdus

Depuis que ces vins ne sont plus.

Il goûte, il juge tout, passe de halte en halte,

Des vergers de Montreuil aux oranges de Malte,

Du lièvre sans saveur et du fade lapin,

Nourris des débris du jardin,

Aux gibiers du midi, dont la chair renommée

Est de lavande et de thym parfumée,

Ou de la bartavelle à la rouge perdrix,

Dont l'épagneul évente les esprits;

Parcourt tous les terroirs en oliviers fertiles,

   De Lucque et d'Aix va comparer les huiles,

Rapporte enfin chez lui des indigestions

     De tout pays, de toutes nations.

Tantôt, peu satisfait de nos serres françoises,

Il s'arrête en chemin, charmé par un beau fruit

   Dont le parfum et le goût le séduit,

     Prend là ses repas et ses aises.

La saison finit-elle, il appelle à grand bruit

Ses gens, ses postillons, fait atteler ses chaises,

   Et disparoît tout juste avec les fraises.

D'autres, de l'avenir, du présent, peu frappés,

     Infatigables antiquaires,

     Du passé seul sont occupés;

   Dans les vallons, sur les monts escarpés

   Vont déchiffrant des marbres funéraires,

   Vont déterrant des urnes cinéraires,

Se pâment sur un mur bâti par Cicéron,

Ou sur un coin du jardin de Néron,

D'écus grecs ou romains, ou d'antiques médailles,

Ils s'en vont ramassant des restes curieux ;

Ils appliquent la loupe, ils fatiguent leurs yeux

      Sur le vert-de-gris précieux

      De ces augustes antiquailles ;

      Du vorace Vitellius

      Cherchent les casernes royales,

      Ou des Tibère, des Caïus,

      Les cavernes prétoriales ;

Comblent de leurs débris des chars et des vaisseaux ;

      Puis, fiers de ces rares morceaux,

    Pour embellir leurs scènes romantiques,

Ils vont de cet amas de décombres antiques,

De colonnes sans base et de vieux chapiteaux,

Attrister leurs jardins, encombrer leurs châteaux ;

    Doctes fouillis de la Grèce et de Rome,

Où logent cent consuls, et souvent pas un homme ;

Antre nobiliaire, ambitieux donjon,

Où, comme les vivants, chez d'Hozier, chez Baujon,

Les morts inscrits sur leurs registres
Présentent en entrant leurs dates et leurs titres.
Des cartons sous le bras, dans les mains des crayons,
L'autre s'en va chercher loin de nos régions
Des ruines, des paysages,
Dessiner quelques monts sauvages,
Quelques rochers bizarrement taillés,
Et d'arbrisseaux rampants richement habillés,
De beaux lointains, et de riches ombrages.
Au fond d'un porte-feuille il dépose enterrés
Des champs flétris, des monts décolorés.
Par-tout où s'est montré ce grand paysagiste,
Chaque lieu semble triste
De voir ainsi déshonorés
Ses bois, ses ruisseaux et ses prés,
À qui le crayon des artistes
N'a pu laisser ce ciel pur et vermeil,
Ces beaux reflets, et ce soleil,
Le plus brillant des coloristes.
Lui cependant, tout fier de ces riches moissons,

Du grand art des Poussin récoltes poétiques,

    Va bientôt dans d'autres cantons,

Pleins de grands souvenirs, fameux par de grands noms,

    Autour des remparts historiques

    Des Augustes et des Catons,

    Reprendre ses courses classiques;

    Passe des égouts de Tarquin

    À cette fontaine chérie

Du grand législateur confident d'Égérie,

À la tombe où dormoit Scipion l'Africain,

    À la masse du Colisée

Par un neveu papal depuis long-temps brisée;

    Passe en revue et les champs et les monts;

Et, sa docte valise une fois bien remplie,

    Il court en France apporter l'Italie,

Ses arcs triomphateurs, ses aquéducs, ses ponts,

    Et ses temples, et leurs frontons;

    Et dit, d'une ame enorgueillie:

Rome n'est plus dans Rome, elle est dans mes cartons.

    Dans de plus longues promenades,

L'autre, badaud parisien,

Chez le peuple vénitien,

À Naples, va chercher des bals, des mascarades,

La bénédiction qu'on donne au Vatican;

Ailleurs, le spectacle d'un camp,

Des manœuvres et des parades;

Ailleurs, un beau couronnement,

Grand et superbe évènement

Où les étrangers accoururent,

Où trente puissances parurent.

Quel plaisir, de retour chez soi,

De conter à ses camarades

Quel hasard le plaça tout à côté du roi.

Les fêtes, les soupers, les danses, les aubades,

Les balustres, et les arcades,

Les tribunes, et les balcons,

Combien les Allemands vidèrent de flacons!

Du cérémonial de cette grande fête

Le fat vous étourdit la tête,

Redit chaque détail qui flatte son orgueil,

Les noms de tous les grands qui lui firent accueil ;
Et même il a sur lui le ruban honorable
Que lui donna la cour dans ce jour mémorable.

Épris de plus nobles objets,
Des portiques, des colonnades,
Des danses, et des sérénades,
Ont pour vous de foibles attraits.
Le choix savant et des vins et des mets
N'est point entré dans vos projets ;
Pour le beau seul vous êtes nés gourmets.
Des cathédrales et des temples
Votre pays vous offre assez d'exemples ;
Et la belle nature aux plus savants pinceaux
Y peut fournir d'assez riches tableaux.
Jeunes encore, et vertueux et sages,
Le désordre n'a point commandé vos voyages ;
Ce travers n'est pour vous qu'un objet de pitié ;
De plus nobles motifs vous ouvrent la carrière ;
Et, quand vos pas quitteront la barrière,

Vous ne laisserez en arrière
Que les regrets de l'amitié.

Laissez les ruines antiques
À ces amateurs fanatiques
Des temples, des palais, des urnes, des tombeaux,
Pour qui les plus anciens sont toujours les plus beaux,
Dont l'érudition profonde
Dans chaque souterrain et dans chaque caveau
Court interroger le vieux monde,
Sans s'inquiéter du nouveau.
Étudiez les peuples et les hommes;
Oubliez ce qu'on fut pour voir ce que nous sommes.
Pour voyager avec succès
De l'habitude encore évitez les excès.
Il ne faut aimer trop, ni trop peu sa patrie;
L'un seroit sacrilége, et l'autre idolâtrie.
Les uns, obstinés citoyens,
Ne trouvent que chez eux le vrai goût, les vrais biens,
Ne conçoivent pas qu'on puisse être

Autrement que l'on est au lieu qui les vit naître;

Qu'on soit Irlandois à Dublin,

Perse dans Ispahan, Allemand à Berlin.

Ivres de leur terre natale,

Sur le talent, la vertu, la beauté,

Ils vont braquant de tout côté

La lunette nationale;

Et de tous les états, et de tous les pays,

Ils reviennent chagrins, haïssant et haïs.

Pour désenfler ses hypocondres,

L'autre au sein de la France, au milieu de Paris,

Veut transporter les courses, les paris,

Et toutes les gaîtés de Londres.

Pour se chauffer durant l'hiver,

Il commande un *grate*(1), un *fender*(2);

Pour sa fourniture complète

(1) La cheminée dans laquelle on place le charbon.

2) Espèce de garde-cendres.

Ne manque pas de faire emplète

De l'infatigable *poker* (1),

Qui, des passe-temps le plus cher,

Près d'une cheminée au *spleen* un peu sujette,

Où siègent les vapeurs et la consomption,

L'étude en bonnet noir, la lecture en lunette,

La politique auprès d'une gasette,

Et l'avarice auprès de sa cassette,

Du mélancolique charbon

Faisant partir par amusette,

Quelquefois par distraction,

La rapide étincelle et la vive bleuette,

Pour égayer la méditation,

Dans les jeux du foyer remplace la pincette.

Il ne sort pas sans un spencer,

Ne lit que Milton et Chaucer;

Pour n'en pas perdre l'habitude,

Du nom de *rout* il appelle nos bals,

(1) Tient lieu de la pincette.

Et du sort des François n'a plus d'inquiétude

 Depuis qu'ils ont adopté les wauxhals;

À ce bel opéra, que le monde idolâtre,

Va de Covent Garden regretter le théâtre;

  Sollicite avant son départ

Le combat du taureau, la chasse du renard;

S'étonne seulement que la France ait fait grace

Aux loups, dont l'Angleterre extermina la race;

Se fait admettre au club, paye en livres sterlings

Sa soupe à la tortue, et ses chers *plum-puddings;*

Pour mieux s'habituer à la langue françoise

Se rend exactement à la taverne angloise,

Et, dans ses jeux chéris soigneux de s'exercer,

À nos Parisiens veut apprendre à boxer;

Par-tout de son pays conserve les coutumes,

  Les usages et les costumes;

Enfin, rentrant chez lui comme il étoit sorti,

Y revient plus anglois qu'il n'en étoit parti.

 D'autres, lassés du séjour de leurs pères,

 Vont poursuivant de lointaines chimères,

Et, se dépaysant pour devenir meilleurs,

Dénigrent tout chez eux, adorent tout ailleurs.

Tout ce qu'ils n'avoient pas charme leurs goûts frivoles.

    Ainsi les superstitions,

    Chez les antiques nations,

Des cultes étrangers empruntoient les idoles.

Du joug de l'habitude ils marchent dégagés,

Et perdent leur sagesse avec leurs préjugés.

Ainsi du bon François quand l'humeur vagabonde

    Se mit à parcourir le monde,

Par-tout il moissonna les sottises d'autrui,

Et dans le monde entier ne méprisa que lui;

Il courut mendier aux terres étrangères

Ses usages, ses mœurs, et ses lois passagères.

Aux rochers de la Suisse, aux plaines d'Albion,

Il croyoit s'élancer vers la perfection.

Revenu, disoit-il, de ses erreurs premières,

Il délioit son joug, et brisoit ses lisières.

Qu'arriva-t-il? Au lieu de nouvelles lumières,

Il rapporta pour prix de son instruction

L'extravagance et la destruction.

En berline, en wiskis, en frac, en guêtre, en bottes,

En gilets écourtés, en longues redingotes,

La révolution, pour punir les François,

À des goûts étrangers dut ses premiers succès.

De motions nos cafés résonnèrent;

De mots, de plans nouveaux, nos vieillards s'étonnèrent;

De jeunes fats et d'imberbes Catons

Dans nos tribunes dominèrent,

Ridiculement y prônèrent

La république des Platons.

Des bavards de tous les cantons

Nos jeunes dames rafolèrent;

Les graces, les ris s'envolèrent.

Mille petits Catilinats

Inondèrent nos clubs, nos salons, nos sénats.

Le cœur se corrompit, les esprits se troublèrent.

Comme un torrent fougueux le désordre roula.

Plus de respect pour ses chefs, pour ses maîtres;

La licence à ses pieds foula

Les ouvrages de nos ancêtres.

Le mauvais goût eut de nombreux fauteurs.

Le tragique fit place à d'effroyables drames ;

L'honneur à la terreur succéda dans les ames,

Et la pitié resta pour les auteurs.

La sensible amitié ne vit plus que des traîtres.

Dans ses vieux fondements l'empire chancela ;

Les débris des autels écrasèrent les prêtres,

Et sur les courtisans le trône s'écroula.

Évitez ces excès ; voyez la jeune abeille,

Qui, dès le retour du matin,

Sur le thym odorant, sur la rose vermeille,

Cueille la cire et cherche son butin.

Dans sa loge natale, ou dans d'autres cellules,

Ses partialités, ses dégoûts ridicules

Ne vont point s'informer comment se fait le miel :

Elle suit son instinct, la nature, et le ciel.

Imitez-la ; repoussez tout système :

Vous le savez, et du bien et du mal

Le ciel à tous les lieux fit un partage égal.

Avant l'étude, avant l'expérience,

N'avons-nous pas la conscience?

C'est à ses lois que l'on doit obéir.

Sur les objets qu'on doit haïr,

Sur ceux qu'il faut qu'on aime,

Chacun est son juge à soi-même.

De l'imitation le danger est extrême.

Observez avec soin, choisissez à loisir.

L'art de bien voyager, c'est l'art de bien choisir.

Mais ne vous bornez pas aux plus prochains rivages;

Examinez d'un regard pénétrant

D'autres pays, d'autres usages,

Et sur les bords lointains, policés, ou sauvages,

Comme votre pensée, étendez vos voyages.

Vous êtes bien petits, et le monde est bien grand.

Quel que soit le climat qu'aborde votre audace,

N'espérez point trouver les lieux

Tels que les virent nos aïeux.

Le temps qui forme tout, et par qui tout s'efface,

Du monde entier change la face,

8

Les peuples, les climats, l'eau, la terre, et les cieux.
Vous chercheriez en vain Tyr, Carthage, Ecbatane.
Un volcan engloutit et Lisbonne et Catane.

 Sur son terrain par le temps exhaussé
  Le Capitole est abaissé.
 Où reposoit la famille des Jules
  Des capucins ont leurs cellules.
Ne voyez rien d'un œil léger et dédaigneux.
  Observez d'un regard soigneux
Les changements des lois, des hommes, et des dieux.
Vous êtes bien enfants, et le monde est bien vieux.

  Sachez aussi dans votre course
Des peuples dispersés chercher l'antique source.
L'un est né des Gaulois, et l'autre des Germains;
L'un est enfant des Grecs, et l'autre des Romains.
  Cet autre, fier de son vieil âge,
Fils de l'Égyptien, ou du Scythe sauvage,
  Changea cent fois de mœurs et d'esclavage.
Que de peuples divers, nés du même berceau,

Prennent des traits, un goût, un langage nouveau,

    Et des habitudes contraires,

Dépendant du vainqueur, du siècle, et des climats !

Dans le monde habité tous les peuples sont frères ;

Et tous, ainsi que vous, ne se ressemblent pas.

Mais en vain vous offrez dans votre aimable enfance

    Cette conformité de traits,

Il est entre vous deux des rapports plus parfaits.

Même docilité, même reconnoissance,

Pour l'homme vertueux de qui l'expérience

    À vos yeux charmés dévoila

    Tous les secrets de la science ;

Même amour pour les lieux où vous prîtes naissance,

    Pour Dieu, pour votre roi ; voilà

    Votre plus noble ressemblance.

La fable vainement nous entretient encor

    Et de Pollux et de Castor,

Infortunés jumeaux que le destin bizarre

Plaçoit l'un dans l'enfer, et l'autre dans les cieux :

    Par un sort plus doux et plus rare,

Même félicité vous réunit tous deux;

Même soin forma votre enfance.

Du jeune âge oubliant les jeux,

Dans un voyage courageux

Allez cueillir la récompense

De votre loisir studieux.

Mieux instruits, vous jouirez mieux;

Les états, les cités, les peuples, et les lieux,

Ne disent rien à l'ignorance;

Son regard n'en saisit que la vaine apparence:

L'ignorant voit, le savant pense.

Jadis, la veille des combats,

Des grands évènements, et des lointains voyages,

Les princes et les potentats

Interrogeoient le ciel, et consultoient les mages;

Pour moi, sans me placer au nombre des devins,

Déja sur vos futurs destins

J'ai des augures plus certains,

J'ai de plus assurés présages.

Une beauté forma vos esprits enfantins,

Une beauté qui joint à la gaîté françoise

La bonté germanique et la douceur angloise.

Un sage, ami des lois, des beaux arts, et des dieux,

Connu par son talent, connu par sa sagesse,

    Des écrits de Rome et de Grèce

  Vous déroula les trésors précieux,

    Ce qu'a de plus délicieux,

    De plus sublime, de plus sage,

Le bon peuple qui vit l'aurore de votre âge.

Jugez d'après son goût, voyez d'après ses yeux.

Du sensible Antrobus, dont le cœur généreux

  Des bons François a mérité l'hommage,

  Payez l'amour, et remplissez les vœux :

  C'en est assez ; je réponds du voyage.

Mais quand par le succès il sera couronné,

Parmi ces écrivains, vos compagnons fidèles,

    N'oubliez point votre Cicerone,

Et laissez le disciple auprès de ses modèles.

Mes Jardins, pleins des fleurs que dans nos parcs françois

Ma muse transplanta de vos jardins anglois,

            8.

Parmi tous ces écrits, charme de votre route,

Grace à votre amitié, vont vous suivre, sans doute;

Et, si j'en crois ce Gibbs, qui d'un si joli ton,

Dans son élégante lecture,

Récite avec affection

Ces vers sans art, dictés par la nature,

Je le dis sans présomption,

Le succès assuré de votre heureux voyage

Passera mon ambition,

Et je prévois plus d'un suffrage

Pour ma petite édition.

Encore un mot. Dans votre excursion

Vous n'oublierez pas cette France

Qui par le nombre et la vaillance,

Son inépuisable opulence,

D'audacieux exploits, d'illustres attentats,

A pesé sur tous les États.

Là, vous verrez encor l'idole de la France,

L'honneur, cette brillante et trompeuse monnoie

Qu'au bien public un esprit sage emploie,

Qui court de main en main, du noble au roturier,

Des princes aux sujets, du poëte au guerrier.

C'est l'honneur qui créa des ordres, des chapitres,

Mesure les égards sur les rangs, sur les titres;

Veut des plaisirs ou bruyants ou coûteux,

Du silence seul est honteux;

Moins empressé, moins ambitieux d'être,

Que jaloux de paroître,

Fait de l'orgueil la base du devoir;

Par des distinctions, des richesses se venge;

Commerce de respect, trafique de louange,

Les donne pour les recevoir;

Préfère aux vrais besoins l'or, le jaspe, et l'albâtre;

Cherche des spectateurs, et demande un théâtre;

Se montre pour briller, brille pour éblouir,

Et jouit en effet, s'il a l'air de jouir;

Flétri d'un rien, heureux de peu de chose,

Il marche fier des chaînes qu'il s'impose;

Pour lui, le plus superbe don

Est un coup d'œil du prince, un sourire, un cordon;

Même, avant ses quartiers, il compte ses services,

    Se pare de ses cicatrices;

Un brancard décoré de ses sanglants lambeaux,

Un trophée ennemi conquis dans les batailles,

Des grenadiers en pleurs suivant ses funérailles,

    Le flattent plus qu'un fastueux cercueil,

Les pompes de la mort, et le luxe du deuil;

Il aime l'héroïsme, abhorre la bassesse;

    En vain Plutus, entouré de trésors,

    Au dieu d'hymen ouvre ses coffres forts;

    Il veut pour dot, au lieu de la richesse,

    Un nom sans tache, un rang, et la sagesse;

Il est souvent l'espoir des peuples abattus,

L'aiguillon des talents, et l'ame des vertus.

Mais aussi qu'un grand choc ébranle un grand empire,

    L'honneur lui-même à sa perte conspire.

    L'opinion, simulacre du jour,

    L'opinion, divinité frivole,

    Entend sa voix; il commande, elle vole

De l'église au barreau, de la ville à la cour;

Poursuit delà les mers sa course vagabonde;

Nègres et blancs s'arment en un clin d'œil;

Le sang rougit la terre et l'onde;

Les champs, les cités sont en deuil:

On est brouillon par mode et méchant par orgueil.

Malgré les changements qu'a subis ce théâtre,

Sur ce terrain mouvant, sous ce ciel orageux,

Vos yeux surpris verront la jeunesse folâtre

Et l'alégresse opiniâtre

Recommencer ses bals, ses danses, et ses jeux,

Que sa longue enfance idolâtre.

Tel le voyageur curieux

Qui d'un volcan horrible

Vient observer l'explosion terrible,

Sur les bords du cratère, interroge en tremblant

Les cavités de l'abyme brûlant,

Les points d'où partit l'incendie,

Où la lave s'est refroidie;

Mais, parmi ces monts menaçants,

Où dans les tourbillons de ses feux étouffants

Le gouffre ensevelit les mânes

De leurs femmes, de leurs enfants,

Bientôt il voit les bergers triomphants

Rétablir en chantant leurs antiques cabanes,

Y reconduire leurs troupeaux,

Reprendre leurs joyeux pipeaux;

Sur la terre encor mugissante,

Les gazons refleuris, la moisson renaissante;

L'industrie appelant les arts,

Les superbes cités relevant leurs remparts,

Les églises leurs tours, et les arbres leurs faîtes,

Et la nature en deuil, et la nature en fêtes.

Ainsi, d'un œil surpris, et des biens et des maux

Vous contemplerez les tableaux.

Par un moins bizarre assemblage,

Quelque pinceau capricieux

Sur un même visage,

Pour amuser nos yeux,

Aux traits du rieur Démocrite,

Uniroit ceux du pleureur Héraclite;

Et sur ses murs Voltaire auroit écrit:

C'est Jean qui pleure, et Jean qui rit.

Sans cesse menacé par l'Océan qu'il brave,

Tel vous ne verrez point l'industrieux Batave:

Le travail, la sagesse, et toutes les vertus

Entre leurs mains fidèles

Tiennent chez lui la clef du temple de Plutus.

Il respecte les lois et les mœurs paternelles;

Dans son terrain conquis sur l'abyme des flots,

Doublement enrichi par la terre et les eaux,

Il est frugal au sein de l'abondance;

Hardi spéculateur, guidé par la prudence,

Son industrie est son trésor,

Son crédit est l'économie;

Dans l'avenir il rejette la vie;

Seul il règne au milieu de ce monde amphibie,

Commande aux éléments, mais obéit à l'or;

Fier de sa propreté, de sa simple élégance,

Son luxe est sans extravagance;
La seule utilité dirige ses projets;
Pour lui les prés ne sont que des pâtures,
Les chênes des sabords, et les pins des mâtures,
Les vents ne sont que des soufflets,
La mer un grand chemin, les vaisseaux des voitures.

Adieu, chers nourrissons de la riche Angleterre,
Je vous ai transportés de votre heureuse terre,
Du séjour chéri de vos rois,
De leurs simples palais, de leurs bosquets champêtres,
Ornés par les vertus de leurs augustes maîtres,
Où le pouvoir siège à côté des lois,
Au Louvre, où de Louis régnèrent les ancêtres;
À ces jardins célébrés tant de fois,
Embellis par les arts, dessinés par Le Nôtre,
Beaux lieux tout-à-coup envahis
Par un peuple qui fit son malheur et le nôtre.
Quand vous aurez visité mon pays,
Revenez promptement être heureux dans le vôtre.

Là tout doit charmer vos regards :

Ce pays est celui des arts,

Des vertus, des lois protectrices,

Qui d'un bonheur égal font jouir tout l'état,

Du roi, du peuple, et du sénat,

Inexorables bienfaitrices.

Revenez donc dans cet heureux séjour,

Présent à votre esprit, et cher à votre amour.

Plus on parcourt le reste de la terre,

Plus on apprend à chérir l'Angleterre.

Vers ces beaux lieux hâtez votre retour.

Ainsi la vagabonde et frileuse hirondelle,

Que loin des noirs frimas

Un printemps étranger appelle,

En de moins rigoureux climats,

Revient, aime à revoir, se plaît à reconnoître

Le champ qui la nourrit, le ciel qui la vit naître,

Et ces murs paternels et ces fragiles toits

Que son vol rasa tant de fois

D'une aile familière,

9

Et la solive hospitalière

Qui soutenoit son nid. Là, de son doux berceau

Le duvet la reçut ; là, de sa tendre mère

Le bec pour son repas lui portoit un morceau

　　　Ou de mouche, ou de vermisseau.

　　　Là, sa diligence attentive

　　　Dirigea son vol foible encor,

　　　Enhardit son aile craintive

　　　À prendre son premier essor ;

Ce lieu, de son enfance ancien dépositaire,

Sera de ses neveux l'empire héréditaire ;

Pères, mères, enfants, au printemps réunis,

Y viendront faire encore et l'amour et leurs nids.

　　　Revenu de ses incartades,

Le pélerin ailé fait à ses camarades

Des récits curieux, utiles, ou nouveaux,

Où sont les plus beaux grains et les plus belles eaux,

　　　Où chantent le mieux les oiseaux,

　　　Où sont leurs plus douces peuplades,

Où l'horrible vautour, où l'avide épervier

Troubla le moins ses douces promenades :

Ce toit qui le vit essayer

Et son instinct novice et sa plume nouvelle,

Qui jeune encor l'entendit bégayer

La chanson paternelle,

Où la douce habitude en secret le rappelle,

Seul peut lui plaire, et seul peut l'égayer ;

Et la plus riante charmille,

Où, par la verdure séduit,

Le peuple des oiseaux fourmille,

Plaît moins à ses regards que cet humble réduit

Et ces toîts enfumés, berceau de sa famille.

Aussi le zéphyr printanier

En vain revient le convier

À quitter sa poutre chérie ;

Si long fut son exil ! si douce est sa patrie !

Il partit vagabond, il revient casanier.

Ainsi le voyageur, que loin de son foyer

Un instinct curieux exile,

Avec transport retrouve son asile ;

C'est là qu'il veut vivre et mourir. Pourquoi
Chercheroit-il encor les terres étrangères
Chez d'autres nations et sous une autre loi?

La défiance est mère de l'effroi :
Les changements de lieu ne nous profitent guères;
On peut s'instruire ailleurs, on ne vit que chez soi.

REMARQUES.

L'auteur de cette épître s'est proposé de la rendre utile aux voyageurs de tous les pays. Il a tâché d'y éviter toute espèce de partialité.

PREMIÈRE.

Les pleurs du Christ.

L'auteur veut désigner ici le Lacryma Christi qu'on récolte sur le revers du Vésuve.

DEUXIÈME.

Les vins pourris dans les fosses d'Espagne.

Vin *rancio*, dont le nom ne vient point de celui d'un lieu, mais du mot latin *rancidus*, parceque ce vin mûrit long-temps dans des puits creusés pour le recevoir.

TROISIÈME.

N'est plus dans Rome, elle est dans mes cartons.

Ce vers est une parodie du vers fameux de la tragédie de Sertorius. L'auteur, dans ce passage,

est bien loin de vouloir dégrader les dessina-
teurs, qu'il regarde comme les premiers maîtres
des peintres.

QUATRIÈME.

De Lucque et d'Aix va comparer les huiles.

On sait que les territoires d'Aix et de l'ancienne
république de Lucque fournissent les meilleures
huiles connues.

CINQUIÈME.

Ma petite édition.

Un des enfants à qui cette épître a été adressée fut nommé dans la société *Pocket*, édition
du poëme des Jardins, parcequ'il en récitoit plusieurs morceaux avec beaucoup d'esprit et de
goût.

SIXIÈME.

De mouche, ou de vermisseau.

Ce vers est de La Fontaine.

ODE

SUR UN CÈDRE

Planté en 1806, chez M. Micoud, à Clamart-sous-Meudon.

———

Aglaure aimoit les lieux champêtres :
Elle-même les cultivoit;
Souvent sous l'ombrage des hêtres
Tranquillement elle rêvoit.
Le jour, sans craindre pour ses charmes,
Ses intéressantes alarmes
La conduisoient de fleurs en fleurs :
Elle soignoit les jeunes plantes,
Et sauvoit des ardeurs brûlantes
Et leur parfum, et leurs couleurs,

ODE.

Tantôt sa main, sous leur feuillage,
Conduisoit un jeune ruisseau,
Qui cachoit sous un roc sauvage
Le mystère de son berceau;
Tantôt, sur un arbre stérile,
Son art d'une tige fertile
Greffoit un tendre rejeton;
Et souvent sa vue attentive
Venoit de la plante adoptive
Épier le premier bouton.

Tantôt des roses surannées
Elle retranchoit les débris,
Et de leurs guirlandes fanées
Soulageoit leurs rameaux flétris :
Ainsi la sève vagabonde,
Suspendant sa source féconde,
Attendoit de plus heureux temps,
Et le suc, qui du sombre automne
Eût nourri la pâle couronne,
Réservoit ses dons au printemps.

Mais au jardin qu'elle décore
Manquoit un arbre précieux ;
Un jour qu'elle erroit avec Flore,
Le hasard l'offrit à ses yeux :
Elle aime sa naissance illustre ;
Il vint âgé d'un demi lustre
Des lieux où règne le turban ;
Et sa famille souveraine
Long-temps a vu dans son domaine
L'antique sommet du Liban.

C'est cet arbre cher à la Bible,
Qui, jadis fécond en bienfaits,
Sur une poutre incorruptible
Portoit la voûte des palais ;
Qui, chez une illustre sorcière
Brûlant durant la nuit entière,
Guidoit l'aiguille entre ses mains ;
Et, dans une boîte odorante,
De la vermine dévorante
Sauvoit les poëtes romains.

Ce Cèdre, intéressant arbuste,
Géant futur, aujourd'hui nain,
N'est point encor l'arbre robuste
Qui s'ouvre le plus dur terrain :
Mais un jour, sous son front superbe,
Il verra ramper comme l'herbe,
Et nos chênes, et nos ormeaux ;
Et de sa tige adolescente
Déjà la sève effervescente
Brûle d'abreuver ses rameaux.

Voilà celui qu'elle destine
A parer son jardin chéri ;
Enfant d'une race divine,
Il est déjà son favori :
Long-temps, dans l'abri qui l'enserre,
Son amie au fond d'une serre
Le laisse humblement végéter,
Attendant qu'un ciel favorable,
Dans le lieu le plus honorable,
L'invite un jour à le plante .

Elle voudroit, mais elle n'ose
Le retirer de sa prison :
Aux vents par degrés elle expose
Ce tendre et frêle nourisson.
Son amour timide ménage
L'essor craintif de son jeune âge,
Jusqu'au moment où, plus hardi,
L'arbre, croissant sous ses auspices,
Ornera ce lieu de délices
De son feuillage reverdi.

Elle y rêvoit; les Dieux le sur ent;
Soudain vers ces lieux enchantés,
Du fond de leurs bois accoururent
Les champêtres divinités :
Le cœur léger des Oréades,
Les Nymphes des eaux, les Dryades,
Hôtesses des jeunes ormeaux,
Vinrent fêter la jeune plante,
Et de leur troupe bondissante,
Environnèrent ses rameaux.

Le dieu Pan étoit à leur tête
Et, ses chalumeaux dans ses mains
Il conduisoit à cette fête
Et les Faunes, et les Sylvains:
Parmi tous ces dieux des campagnes
Et des forêts, et des montagnes,
On vit quelques-uns des grands dieux
Qui de leur demeure divine,
Venoient, à la plante enfantine,
Porter leurs bienfaits et leurs vœux.

Souvent la grandeur fière et dure,
Qui devoit être son soutien,
Dédaigne la foiblesse obscure;
Mais les dieux ne dédaignent rien:
Chacun, à la tige modeste
Apportant la faveur céleste,
Arrivoit d'un air triomphant,
Et partageant l'ardeur commune
Chacun, pour faire sa fortune,
Vouloit doter le jeune enfant.

'Apollon dit : « Dans mon empire
» En cercle roulent les saisons;
» Pour lui, j'en jure par ma lyre,
» Je tempérerai mes rayons :
» Dans la saison la plus ardente,
» Je veux qu'une sève abondante
» Aille nourrir ses frais boutons;
» Et ma guirlande poétique,
» En dépit du laurier antique,
» Se formera de ses festons. »

« Moi, de la sève maternelle,
» Nul ne peut contester mes droits,
» J'alimenterai, dit Cybèle,
» Son tronc, son feuillage et son bois.
» Cette enceinte n'est plus profane;
» Loin d'ici, s'écria Diane,
» La dent avide des troupeaux!
» Moi, dit une nymphe des ondes,
» De mes sources les plus fécondes,
» Je lui prodiguerai les eaux. »

A ces mots les Dieux applaudirent ;
Soudain deux oiseaux radieux,
Deux paons superbes descendirent,
Conduisant la Reine des dieux,
Qui dit : « Plante favorisée,
» Je te garantis la rosée ;
» Je suis la Déesse de l'air,
» Je commande aux célestes plages,
» Et je règne sur les nuages,
» Comme au trône de Jupiter. »

Du voluptueux Épicure
La charmante divinité,
Vénus, charme de la nature
Et modèle de la beauté,
Dit à son tour : « Dans Idalie
» J'ordonne qu'il se multiplie :
» Les myrtes en seront jaloux ;
» Mais je ferai tout pour Aglaure :
» C'est mon image qu'on implore,
» Lorsque l'on tombe à ses genoux. »

L'Amour vint aussi; dans le monde
Peu de choses se font sans lui;
Du vieux Nérée, au sein de l'onde,
Il venoit de charmer l'ennui:
« A cet arbuste, il en est digne,
» Chacun a fait un don insigne;
» Moi, dit l'Enfant porte-bandeau,
» Je lui fais présent du mystère :
» Qu'un jour pour la jeune bergère,
» Son ombrage soit un rideau.

» Je connois peu l'agriculture :
» Tous mes arts sont dans mon carquois;
» Jamais les fleurs, ni la verdure
» Ne prospérèrent sous mes loix :
» Tout au plus en passant je jette
» Le lys, l'œillet, la violette,
» La rose qui vit peu d'instans;
» A peine une nuit j'y repose :
» Un jour est un siècle de rose,
» Mais toi, tu verras cent printemps. »

Alors, rempli de confiance,
Je dis au Dieu puissant des bois :
De cet arbre soigne l'enfance :
Sur toi mes vœux ont quelques droits.
Les poètes te sont fidèles ;
Pour chanter les dieux et les belles,
Ils cherchent tes ombrages verds :
Leur calme profond les inspire ;
Là, se nourrit ce beau délire,
Source féconde des beaux vers.

Oh ! combien de riants prestiges
De ce délire sont sortis !
Partout j'en trouve les vestiges :
Le pin renferme encor Atys ;
Plus loin, couvertes de verdure
Et leurs rameaux pour chevelure,
Pleurent les sœurs de Phaéton :
Et, sur la montagne prochaine,
Ce vieux tilleul et ce vieux chêne
Cachent Baucis et Philémon.

L'Ausonie a vu son Orphée
Remplir tes bois d'enchantements;
Et sa Muse, nouvelle fée,
Les peuple d'amours et d'amants.
Souvent même sa Muse épique
Quitte la trompette héroïque
Pour enfler tes pipeaux légers;
Et la belliqueuse Herminie
De loin écoute l'harmonie
Du chant rustique des bergers.

Sois donc sensible à la demande
De ces poètes séducteurs;
La nature te recommande
Tous ces aimables enchanteurs.
Partout ils sèment les miracles:
Dodone leur dut ses oracles;
Leur fable embellit chaque lieu;
Sans eux, la forêt est muette;
Par eux, chaque arbre est la retraite
Ou d'une déesse ou d'un dieu.

Moi—même, enfin, de mes services
Je puis te demander le prix;
Je t'ai délivré des caprices
D'un art tombé dans le mépris.
Par moi le saule de l'aurore,
Dans l'onde qui le vit éclore,
Trempe son feuillage pendant;
Et le chêne, roi du bocage,
Dans toute sa pompe sauvage,
Relève un front indépendant.

J'appelai des rives lointaines,
Et j'acclimatai sur nos bords,
Ces plans dont nos monts et nos plaines
Ne connaissoient pas les trésors :
Ma Muse du fer téméraire
Sauva plus d'un tronc centenaire :
Leurs vieux abris sont mes bienfaits;
Pour l'arbuste heureux que je chante,
Écoute donc ma voix touchante,
Et reçois les vœux que je fais.

« Eh bien ! tes vœux et ta demande,
» Me dit-il, ne seront pas vains ;
» Vénus le veut : je recommande
» Ce jeune cèdre à mes sylvains.
» Son Aglaure, autre enchanteresse,
» Pour cet arbuste s'intéresse,
» Et mon poëte l'a chanté.
» Jeune arbre, ta cause est la mienne ;
» Il n'est rien que de moi n'obtienne
» La poésie et la beauté ».

Il dit : la brouette roulante,
Au lieu creusé pour son berceau,
Apporte avec la jeune plante,
Et l'onde fraîche et le terreau ;
La bêche en main, Aglaure même,
De l'heureux arbuste qu'elle aime
Prépare le frais reposoir :
Sur lui trois fois elle se penche,
Et sur lui par trois fois épanche
L'eau qui jaillit de l'arrosoir.

Alors, part un cri d'alégresse:
Un nuage emporte les Dieux;
Mais l'arbre a reçu leur promesse;
Lui-même reçoit nos adieux.
Bientôt sa feuille se déploie;
Le sein de la terre avec joie
Semble alaiter son nourrisson;
Et, nouvel hôte du bocage,
Au jeune arbuste de son âge
L'oiseau bégaie une chanson.

Ainsi ta tige complaisante,
Roi des arbres, après l'hiver
Rassemblera la foule errante
Des légers habitans de l'air:
Là, chaque jour leur troupe ailée
Prendra sa rapide volée;
Mais tous n'ont pas les mêmes droits;
Et, s'ils viennent te rendre hommage,
Préfère ceux dont le ramage
Charme le silence des bois.

Reçois la douce Philomèle,
Quand, pour se plaindre de ses maux,
Elle viendra, ployant son aile,
Se reposer sur tes rameaux.
Accueille la vive allouette;
Aux tendres fruits de la fauvette
Accorde l'hospitalité;
Mais bannis les oiseaux voraces,
Et de leur désolantes races
Que l'aigle seul soit excepté.

C'est sur ta tige impériale,
Chère à ce redoutable oiseau,
Que de sa famille royale
Il aime à placer le berceau:
Sa tête brave le tonnerre;
Il porte la foudre en sa serre;
Tu montes aux cieux, il fend l'air;
Et Rousseau, Malherbe et Pindare,
Sont fiers quand le goût les compare
Au noble oiseau de Jupiter.

ODE.

Hélas! si la grâce et la force
Ne s'enfuyoient bien loin de moi,
Je reviendrois sur ton écorce
Graver des vers dignes de toi :
Que puisse du moins ma vieillesse
Voir fleurir long-temps ta jeunesse;
Et, si le fer vient l'outrager,
Si contre toi gronde l'orage,
Conserve encor, malgré sa rage,
Quelques rameaux pour m'ombrager.

Souviens-toi qu'à côté d'Aglaure,
Lorsque tu n'étois qu'arbrisseau,
Loin du lieu qui te vit éclore
Je creusai ton second berceau;
Des soins donnés à ta jeunesse
Récompense un jour ma vieillesse,
Et que, sous tes feuillages verts,
Quelquefois ma Muse rustique
Puisse à ton ombre poétique,
Demander encor de beaux vers.

Pour relire le grand Homère,
Je chercherai ton frais abri ;
Peut-être sur ta cime altière,
S'abattra son oiseau chéri :
Il déploîra ses vastes ailes,
L'arbre, ses ombres solennelles,
Le poète, ses vers pompeux :
Quand leur grandeur est réunie,
L'aigle, le cèdre, et le génie,
Sont un tableau digne des Dieux.

———

ALLÉGORIE,

A Mme. MICOUD et son Fils, jeune homme
d'une grande espérance.

———

Un jour, en le voyant et si vert et si beau,
Le Dieu des bois disoit à ce jeune arbrisseau :
    « Sans doute, quelque Hamadryade
    « Du suc le plus pur t'a nourri ;
    » Ou de ces lieux la charmante Nayade
      » A son arbuste favori
      » Prodigue son eau bienfaisante. »
      — Non, dit la jeune plante ;
    Mais, en passant, Mélanie m'a souri.
    Son Hippolyte est de mon âge ;
Et, puisque tous les deux nous sommes son ouvrage,
Ses bienfaits généreux ne seront pas perdus :
    Nous lui rendrons tous deux un juste hommage,
    Moi, de mon ombre, et lui de ses vertus.

NOUVELLE ÉPITRE

SUR

LE LUXE.

Cause de tant de maux, fléau des mœurs publiques,
Le luxe laisse-t-il des vertus domestiques?
Des amis? Il faudroit s'aider dans ses besoins,
Et l'on auroit aux doigts quelques brillants de moins.
Des époux? Comptant l'or qu'un vain faste demande,
Une bourse à la main l'intérêt les marchande,
Et d'un couple vénal fait deux infortunés
Par des entraves d'or l'un à l'autre enchaînés.

Des frères? D'un aîné le luxe nécessaire
Emprisonne la sœur et dépouille le frère.
Des enfants? O saints nœuds! nœuds jadis si puissants!
On a des héritiers; mais on n'a pas d'enfants.
Dans l'ardeur de briller, lassé qu'un père vive,
Et hâtant en secret sa dépouille tardive,
Dans leurs vœux criminels... Que dis-je? trop heureux
Si leurs barbares cœurs s'arrêtent à des vœux!
Nature! tu m'entends : tu connois tes injures,
Et mes mains frémiroient de rouvrir tes blessures.
Eh! peut-on trop pleurer ces temps, ces temps heureux,
Où contents de se voir, contents de vivre entre eux,
Près du même foyer, s'assembloient en famille,
Et l'époux et l'épouse, et la mère et la fille?
On s'aimoit; on avoit moins d'éclat, plus d'honneur,
Et moins de faux besoins et plus de vrai bonheur;
La mère, sans rougir, veilloit sur son ménage;
La fille s'occupoit de quelque utile ouvrage;
On ne dédaignoit pas de pétrir de sa main
Le gâteau savoureux, délice du festin :
Doux souvenirs! hélas! cette heureuse innocence

De son dernier rayon éclaira mon enfance.

Fatigué de Paris, de son brillant séjour,
Je revolois aux lieux où j'ai reçu le jour;
J'y croyois respirer; et, loin de l'imposture,
Y reposer mon cœur au sein de la Nature.
O surprise! en ces lieux je n'ai rien reconnu:
Au lieu du ton loyal, et du rire ingénu,
Du souper de voisins, où chaque bon convive
Portoit son mets frugal, et sa chanson naïve,
J'ai trouvé de grands airs, un luxe étudié,
Et l'ennui si mal feint du grand souper prié.

Que prouve, dira-t-on, cette folle satire?
Quand il faut discuter, est-il temps de médire?
Ces travers sont un bien : par eux des flots d'argent
Vont nourrir l'ouvrier, ranimer l'indigent.
Fort bien : de l'indigent les intérêts me touchent;
Des longs raisonnements les Muses s'effarouchent.
Raisonnons toutefois: je l'ai dit, j'en conviens,
Et le redis encor: Oui, le luxe est un bien,
Si, respectant les mœurs, si, réglé dans sa course,

Il fait refluer l'or vers sa première source.
L'astre du jour des flots que ses rayons ont bus
Dépose sur les monts les humides tributs ;
Leur cime les reçoit ; et bientôt des montagnes
Les réservoirs féconds les rendent aux campagnes :
Voilà d'un luxe heureux le fidèle tableau.
Mais le luxe souvent dégénère en fléau,
Prend aux extrémités, et ne rend pas de même :
C'est loin de lui qu'il cueille, et près de lui qu'il sème.
L'or, né dans les sillons des soins du laboureur,
Nourrit dans les cités l'orfévre et le doreur.
Le luxe est animé de tout talent frivole :
Voyez ce Lucullus, voluptueuse idole ;
Dans les douces vapeurs d'un superbe festin,
Sait-il gré des travaux qui lui donnent du pain ?
Bientôt il s'écrira, dans ses désirs stupides :
Fleuves ! ne baignez plus vos campagnes arides,
Mais de nos boulingrins arrosez les tapis ;
Terre ! enfante des fleurs, et garde tes épis.
Nous fourmillons de bras grossièrement utiles ;
Mais qui nous donnera des artisans habiles ?

La campagne a toujours assez d'agriculteurs ;
Mais si l'Etat n'y songe, on manque de chanteurs.

En contemplant Paris, le stupide vulgaire
Dit : Combien d'opulence ! et moi : Que de misère !
Dans le pompeux festin d'un gourmand renommé
Je vois plus d'un hameau de besoin consumé ;
Dans les palais dorés de quelques courtisanes,
Je pleure les débris de vingt mille cabanes :
Partout l'éclat d'un seul fait mille malheureux.

Du moins si le bonheur suivoit ce droit affreux !
Mais, las du superflu, privé du nécessaire,
L'un languit de dégoût, l'autre meurt de misère.
O grands ! de la Nature entendez-vous la voix ?
Tous mes enfants, dit-elle, avoient les mêmes droits :
Mais je veux bien des rangs respecter la barrière ;
Je ne réclame plus l'égalité première ;
Enfants favorisés, c'est à vous de choisir :
Prenez pour vous les biens, la gloire, le plaisir ;
Aux mépris, aux travaux abandonnez vos frères !
Peut-être, je saurai, sensible à leurs misères,

Par des trésors plus vrais, par des plaisirs plus doux,
Dédommager leur vie, et les venger de vous.
Qu'ils vivent seulement; et, pour prix de leur peine,
Qu'ils puissent, après vous, glaner dans leur domaine.

Que dis-je? au sein du luxe est-on sensible encor?
L'épais Mondor parloit de l'emploi de son or;
Tant pour des soupers fins, et des feux d'artifices;
Pour frais de loges, tant, et tant pour les coulisses.
Et pour les malheureux, lui dit-on? pour cela,
Il l'avoit oublié: le luxe, le voilà.
Quant on a tout payé, chevaux, bijoux, maîtresses,
Reste-t-il rien à perdre en obscures largesses?

Qui borne ses besoins, soulage ceux d'autrui,
Et riche pour le pauvre, il est pauvre pour lui.
Du moins, s'il ne formoit que des riches avares!
Mais le luxe souvent fait des brigands barbares.
Lorsque le grand Caton, chez un peuple allié,
Sans faste, sans éclat, arrivoit seul, à pié;
Partout devant ses pas voloit la confiance;
Mais lorsque d'un Verrès, la sinistre impudence

Éntraînoit à sa suite un troupeau de flatteurs ,
De femmes , d'histrions , de mimes , de danseurs ;
Tout un peuple trembloit des besoins d'un seul homme ,
Impôt le plus affreux dont pût l'accabler Rome.

A qui rien ne suffit , rien aussi n'est honteux.
A qui sont ces grands parcs et ces châteaux pompeux?
Seroit-ce aux descendants de nos pairs, de nos princes?
Non ; l'un au nom du Roi ravage nos provinces,
L'autre , qui s'enrichit par d'utiles forfaits ,
Fit par son brigandage abhorrer les Français....
Justice , probité , talents , honneurs , vertu,
Chimères du vieux temps , nos aïeux en ont eu ;
C'étoit l'usage alors : un honnête homme en France
N'a plus besoin de mœurs qu'au défaut de dépense ;
Ce chemin est plus court : ses chevaux , ses coureurs,
Lui valent des talents , lui tiennent lieu de mœurs ;
Des devoirs les plus saints son cuisinier l'acquitte ;
Et Zaïde à crédit lui vendit son mérite.

Juvénal s'étonnoit que l'on n'eût point encor
Bâti chez les Romains un temple au Dieu de l'or.

Le luxe parmi nous, vil enfant des richesses ,
A ses temples, son culte, et surtout ses prêtresses ;
Et ce Dieu chaque jour nous dicte par leur voix
Ses oracles changeants et ses mobiles loix.

   Etonnons-nous encor qu'en faveur des richesses
On dispute d'audace, on lutte de bassesses !...
L'émulation gagne et parcourt tous les rangs :
Vois ce traitant futur, commis à mille francs ;
Des chefs de son bureau s'il entend l'équipage ,
Il s'éveille ; il se dit, jaloux de leur partage :
On coudoie un mortel platement vertueux ;
Mais du peuple ébahi les flots respectueux
S'ouvrent au parvenu dont l'insolente roue
L'écrase contre un mur ou l'étend dans la boue ;
Il faut traîner à pied la triste probité ,
Ou dans un char brillant placer l'iniquité.
Mon choix est fait ; je veux mériter la fortune.
Oui, sans doute ; va, chasse une honte importune ;
Va, cours t'associer à des voleurs puissants ;
Dépouille les petits, sers les plaisirs des grands ;
Souillé, pour t'enrichir, de vingt mille homicides,

Fais regorger de bleds tes magasins avides.

Mais ne sois ni fripon, ni cruel à moitié :

Pour les demi-brigands les lois sont sans pitié ;

Et s'il falloit un jour assoupir leur vengeance,

A force de forfaits achète l'innocence.

D'un rang plus élevé te peindrai-je les mœurs ?

Est-ce pour obtenir des titres, des honneurs ?

L'extrême ignominie est près du faste extrême :

Qui veut tout acheter se vend bientôt lui-même.

Samnite, avec ton or, hélas ! que prétends-tu ?

Tu veux de Curius séduire la vertu !

Qu'importent tes trésors et tes présents superbes

A qui suffit son champ, sa cabane et ses herbes ?

Attends, attends qu'un jour parmi ces fiers Romains,

Des jardins sur les mers, des mers dans leurs jardins,

Les candélabres d'or, et les vastes portiques,

Et le jaspe éclatant dans les bains magnifiques,

Deviennent des besoins et leur donnent la loi ;

Et Rome, et son sénat, et son peuple est à toi.

Jugurtha le disoit. Eh bien ! quelles lois sages

Peuvent dompter le luxe et borner ses ravages ?

Des lois! sans doute on peut contenir par ce fr

Ou les bourgeois de Lucque, ou ceux de Saint-Marin ;

Mais, dans un grand État ressource infructueuse !

Pareil à ce torrent dont l'onde impétueuse

Entraîne et nos moissons et sa digue à la fois,

Le luxe avec les mœurs entraîneroit les lois.

Le frein le plus puissant, ô Rois! c'est votre exemple :

Prêt à vous imiter, l'Univers vous contemple.

A SAINT-ANGE,

Sur l'Envoi de sa Traduction des *Métamor-phoses* (1).

———

Que tu rends bien ce chantre ingénieux,
Qui d'un style brillant, facile, harmonieux,
Nous raconte si bien l'origine des choses,
    Leurs effets et leurs causes,
Tous ces enchantements, ces miracles divers,
Dont la fable autrefois embellit l'univers ;
Sur un ruisseau, qui fait son charme et son supplice,
    Courbe le crédule Narcisse,

(1) Voyez plus loin, pag. 133.

12.

Qui, dans ce frais et limpide miroir,
Voit flotter son image et se plaît à se voir;
Du malheureux Atys, du triste Cyparisse,
    Change les bras en rameaux verds;
Sur les feuilles d'un lys, avec grâce dépose
Le nom de cet Ajax fameux par ses revers;
Teint du sang d'Adonis la pourpre d'une rose;
  Des beaux cheveux de la jeune Daphné,
    Adroitement compose
La guirlande du dieu qui de ses pleurs arrose
Les festons verdoyans dont il est couronné!
    Quand il raconte ces prestiges,
Son poëme est pour nous le premier des prodiges:
Il peuple, en se jouant, l'air, la terre et les mers.
    Son ame, empreinte dans tes vers,
  Me feroit croire à la métempsycose;
   Et ta brillante version,
   Est, je le dis sans fiction,
  Sa plus belle métamorphose.

———

(1) Quelques années avant la publication de sa traduction des Métamorphes, Saint-Ange écrivit à Delille
une lettre que le lecteur sera sans doute bien aise de
trouver ici.

« Je vous imite de loin, mon cher maître, et du mieux que
» je peux. Je vis avec les anciens. Je cultive ce bel art de la poé-
» sie, qui a fait les délices et la gloire du siècle de Louis XIV,
» et dont nous semblons avoir perdu le goût, pour nous livrer
» à l'*insurgence* la plus violente. Je ne lis point les pamphlets
» politiques dont on nous accable. Je préfère à tous ces écrits
» une fable de *La Fontaine,* une ode ou une épigramme de
» *Rousseau,* que je lis souvent et que j'admire toujours, malgré
» le VETO de *Quintilien-Laharpe.* Le régime des chansons et de
» l'épigramme, sied mieux aux Français que celui de la poli-
» tique et des troubles civils. Je travaille toujours à *Ovide.* J'a-
» chève le sixième livre. Je viens de métamorphoser *Itys* en
» faisan, et je voudrois savoir sur cela votre goût : du reste,
» il ne tiendra qu'à vous de nous régaler d'un meilleur; car
» je compte dîner avec vous, et je ne viendrai pas seul.

> Mon beau-père à venir s'apprête,
>
> Qui, pour tracer CHARLES MARTEL,
>
> S'est mis jadis martel en tête,
>
> Et qui sait encore au pastel

Esquisser des tableaux de fête.

Il fait des sophas et des vers ;

Mais il n'y met point de chevilles

De ce menuisier de Nevers,

Dont on vante, à tort, à travers,

Quelques poétiques vétilles.

Il sait joindre à l'art de plisser

Le velours, le pékin, la moire,

Celui d'écrire et de penser,

Et pourroit un jour tapisser

Les murs du *Temple de Mémoire.*

» Il ne lui faudroit, pour cela, que meubler votre *Muséum;*
» il le visitera du moins. Vous nous verserez de ce nectar que
» vous savez. Nous boirons à l'amitié, aux beaux vers, et nous
» narguerons, le verre à la main, ce censeur qui a supputé
» avec génie combien de fois ce mot de *nectar* se trouve em-
» ployé dans vos GÉORGIQUES. Plaignons ces misérables gour-
» mets pour qui l'ambroisie n'est que de la piquette. Pour moi,
» qui sais au moins sentir et goûter le bon, je vous demanderai
» quelques prémices de ce beau poëme de l'Imagination auquel
» vous travaillez, et qui doit mettre le sceau à votre gloire, et
» soutenir celle du siècle. Tout vous invite à couronner ce bel
» œuvre. Vous êtes fêté des auteurs et des belles, des courti-

» sans et des banquiers. Ces épais *Mondors* qui faisoient vanité
» de ne savoir lire que dans des lettres-de-change, se piquent
» de lire et de goûter vos vers. Jouissez d'un privilége si rare,
» qui n'a jamais appartenu qu'à vous. Si le talent des vers ne
» m'a pas fait beaucoup de réputation, il m'a fait encore
» moins de profit ; et si je n'avois pour les lettres cet amour
» pur, dout les quiétistes faisoient profession en matière de
» religion, et dont *Fénélon* fut l'apôtre et la victime, il y a
» long-temps que j'aurois dû suivre ce précepte de JUVÉNAL :

Frange, miser, calamos, etc.

» Je sens tout l'embarras d'une position gênée. Pourquoi le
» dissimuler? Mais je trouve dans mon travail une première ré-
» compense. Je fais en sorte de pouvoir dire, comme le Créa-
» teur dans la Genèse : *Et vidit quod esset bonum* ; car vous le
» savez mieux que personne :

Est deus in nobis ; agitante calescimus illo.

» Enfin, pour me consoler des chagrins et des persécutions,
» je m'écrie quelquefois :

> Eh! quel écrivain, dans sa vie
> Haï, raillé, calomnié,
> Trop souvent n'eût sacrifié
> La célébrité du génie

A la douceur d'être oublié.

L'*Homère* de la *Henriade*

A vu des Français, trop ingrats,

S'obstiner à ne vouloir pas

Que la France eût son Iliade.

Le philosophe Genevois

Soixante ans eut la lèvre imbue

Des poisons de cette ciguë

Que *Socrate* but autrefois ;

Banni des rives de la Seine,

N'a-t-on pas vu l'autre *Rousseau*

Mourir victime de la haine

Qui le poursuit jusqu'au tombeau ?

» Il entre beaucoup trop de vanité dans ces réflexions chagri-
» nes et si peu faites pour vous. Mais il y a des occasions où
» l'amour-propre est le seul remède au découragement. Et alors
» qui pourroit le blâmer ? Je sais bien qui..... Mais ce ne sera
» pas vous. Adieu, mon illustre maître, je vous salue de cœur
» et d'esprit, en *Ovide* et en *Virgile.* »

TABLE MÉTHODIQUE

ET ANALYTIQUE

DES ŒUVRES DE J. DELILLE.

EXPLICATION DES SIGNES ET ABRÉVIATIONS.

G. de V. signifie *Géorgiques de Virgile ;*
Jard. . . . . . *Les Jardins ;*
Im. . . . . . *L'Imagination ;*
3 R. . . . . . *Les Trois Règnes ;*
En. . . . . . *L'Énéide ;*
Par. p. . . . *Le Paradis perdu ;*
L'H. des Ch. . *L'Homme des Champs.*
Pit. . . . . . *La Pitié ;*
Not. . . . . . *Notes.*
Pr. ou Préf . . *Préface.*
Rem. d'Ad. . . *.Remarques d'Addison.*
Conv.. . . . . *La Conversation.*
P. f. . . . . *Poésies fugitives.*
a. . . . . . . *1ʳᵉ. Éd. in-18 de l'Imagin.*
b. . . . . . . *2ᵉ. Éd. in-18 et in-8º.*
Le trait—veut dire *jusqu'à ;* par ex. 1—3.

(Les numéros des pages de cette Table se rapportent à la dernière de nos éditions de chaque ouvrage. Les lecteurs qui voudraient la consulter pour les éditions précédentes , s'ils ne trouvent ces renvois exacts, quant aux numéros des pages de chaque volume , sont assurés de les trouver tels pour les numéros des chants de chaque poëme.)

A.

Abdiel répond avec courage à Satan, lui reproche sa trahison et l'abandonne, Par. p. l. v, p. 298-302; retourne vers le Très-Haut, l. vi, p. 7-8; provoque Satan; son triomphe, p. 13-6.

Abdolonyme, issu d'un sang royal; son bonheur dans sa demeure champêtre; créé roi de Tyr par Alexandre, accepte le trône à regret, Jard. ch. iv, p. 159-69.

Abeilles (les), G. de V. l. iv, p. 309; doivent être placées à portée d'une source, près des fleurs, p. 311-3; leurs ennemis, p. 309, 13-29, not. p. 358-65; leurs combats, p. 315-7, not. p. 65-7; ce qui distingue les rois, p. 317; partage des travaux; leurs mœurs, p. 323-7, not. p. 373 -90, 3 R. ch. vii, p. 162-4, not. p. 216— —8; précautions à prendre, G. de V. p. 311-3, 29, not. p. 361-5; leurs essaims, p. 313-5, not. p. 362-5; mode de reproduction, p. 325-7; réfutation, de cette opinion, not. p. 385-9; signes de douleur, leurs maux, p. 329-331, not. p. 395; aliments propres à les rétablir, p. 331-3; moyen de réparer la perte des essaims, p. 333-5; moyens de prévenir les dangers de l'hiver, d'arrêter leurs ennemis, et de réparer les

2

B.

2...

Buffon; ses époques de la nature, l'H. des Ch. ch. III, p. 109-15 not. p. 202-3; a peu vu par lui—même, mais a élevé un superbe édifice, p. 115, not. p. 203—4; voit dans les animaux des machines, et leur attribue néanmoins les passions et les qualités de l'homme, ch. IV, p. 154—5; influence exercée par son talent, 3 R. Pr. p. 27-32; comparé à Linné, ch. VI, not. p. 115-7; vers pour son portrait, P. f. p. 242.

C.

Cabinet d'histoire naturelle; son utilité et jouissances qu'il procure, l'H. des Ch. ch. III, p. 129-36,

Café (le); combien l'auteur lui doit de reconnaissance, 3 R., ch. VI, p. 93—5; son histoire, not. p. 127-8.

Cambyse; son armée détruite par un ouragan, 3 R. ch. II, p. 125-8, not. p. 180 —81.

Camille, reine des Volsques; réflexions sur ce caractere, En. Préf. p. 31—34, l. XI, p. 270—3; vient se joindre à Latinus, l. VII, p. 91-3; veut marcher contre les Troyens, tandis que Turnus défendra la ville, l. XI, p. 195—7; son éducation, p. 199-205; se signale par de nombreux exploits, p. 211-19; tuée par

son instinct secourable, 3 R. ch. VII, p. 145, not. p. 199.

Créuse ; son discours à Enée, En. l. II, p. 251 ; elle disparaît, p. 257; son apparition à Enée, p. 259-61.

Cristal de roche (le); son origine et ses usages, 3 R. ch. IV, p. 255—6.

Cromwel à Christine, Trad. de vers lat. de Milton, P. f. p. 247.

Cultes de Zoroastre, Numa, Mahomet, Confucius et Odin, Im. ch. VIII, a. p. 247, b. p. 240.

Culture (la) ; elle doit être variée selon la différence des climats et des terrains, G. de V. l. I, p. 59 — 63 ; et selon les saisons, p. 73 —7 ; ses avantages, l'H. des Ch. ch. II,

p. 72 — 4 ; il faut éviter également les projets de cabinet et la routine, p. 74-7 ; combien les peines qu'elle occasionne sont récompensées ; celle de Malte, p. 86—8.

Cupidon substitué à Ascagne, En. l. I, p. 131; inspire à Didon de la passion pour Enée, p. 133.

Cuvier ; genres d'animaux retrouvés par lui, 3 R. ch. IV, p. 268—9, not. p. 305 —7 ; auteur de notes sur les Trois Règnes, 3 R. ch. I, ch. VI, ch. VIII.

Cygne (le) ; sa beauté, ses amours, 3 R. ch. VIII, p. 235—8.

Czartorinska (la princesse) ; sa lettre à Delille sur le poëme des Jardins et sur les noms qu'elle veut

3.

placer dans son parc
sur une pyramide,

l'H. des Ch. ch. 1,
not. p. 175—7.

D.

Dagon, chef d'anges
rebelles, Par. p.
l. 1, p. 75.

Danloux (Vers à M.),
P. f. p. 274 ; son
tableau de la Ves-
tale , Pit. préf. ,
p. 10, ch. 1, p. 27;
d'une famille indi-
gente , not. p. 181.

Danse (la) ; celle de ca-
ractère est la seule a-
gréable , Im. ch. v,
a. p. 20, b. p. 19.

Dante (le), sublime et
terrible, Im. ch. v,
a. p. 37, b. p. 36 ;
nouvelle traduction
en vers de ce poëte,
par M. de Gourbil-
lon , not. b. p. 77.

Dauphin, (naissance
du), Jard. ch. 11 ,
p. 85—6.

Défiance (tableau de

la), Im. ch. vi, a.
p. 94, b. p. 94.

Défiant (le), qui craint
et soupçonne tout,
Conv. ch. 11 , p.
126.

Déiphobe raconte ses
malheurs à Énée,
En. l. vi, p. 301-5.

Delambre ; éloge de
cet astronome , 3 R.
ch. 1, p. 42—3.

Deleuze, auteur d'ou-
vrages utiles et agré-
ables sur les plantes,
3 R. ch. vi, p. 62,
not. p. 105—6.

Delille ; sa vie, P. f.
p. 5 et suiv. ; son
discours de récep-
tion à l'Académie
Française, p. 63—
107; sa réponse au
discours de Lemier-
re, p. 119-33, et au

E.

rencoutre Andro-maque, p. 337 ; ses adieux, p. 357; part avec Didon pour la chasse, l. IV , p. 25 ; fait équiper sa flotte, p. 39, expose à Didon les motifs de son départ, p. 43 —7 ; sa fuite, p.69; aborde en Sicile ; l. V, p. 139 ; fait célébrer des jeux en l'honneur d'Anchi-se, p. 141—95; quit-te la Sicile , p. 211; consulte la Sibylle de Cumes, l. VI, p. 259 et suiv.; péné-tre dans l'antre d'A-verne, p. 279; passe le Styx, p. 291 ; trouve l'ombre de Didon et lui parle, p. 297 ; parcourt avec la Sibylle les différentes parties des Enfers, p. 305; rencontre Anchise, p. 319; sort des

Enfers , p. 343 ; envoie des ambas-sadeurs à Latinus, l. VII, p.23; va trouver Evandre , l. VIII , p. 131 ; reçoit de sa mère les armes for-gées par Vulcain , p.189; reparaît avec ses nouveaux alliés, l. x, p. 37 ; ses exploits, p. 45; son désespoir en appre-nant la mort de Pal-las ; immole à ses mânes un grand nombre d'ennemis p. 63 — 73 ; bles-se Mézence, p. 93 ; touché par la piété filiale de Lausus , l'engage à éviter le combat , p. 95 ; tue Lausus, ses regrets, p.97 ; son deuxième combat contre Mé-zence qu'il tue , p. 103—7; rend grâces aux Dieux de sa vic-toire, l. XI, p. 145;

Eole, à la prière de Junon, excite une tempête, En. l. 1, p. 69-70.

Espréménil (mot de d') à Pétion, Pit. ch. III, not. p. 207.

Ermenonville, seul modèle de grand jardin, Jard. ch. 1, p. 51.

Erudit (portrait de l'), Conv. ch. r, p. 58-9, not. p. 199-201, 233-4.

Espagnole (jeune), qui, ayant assassiné son père, meurtrier de son amant, trouve dans la religion le calme que son crime lui avait enlevé, Im. ch. VIII, a. p. 261 et suiv. b. p. 254 et suiv.

Espérance (l'); elle remplace tous les biens, Im. ch. 11, a. p. 128, b. p. 129.

Esprit (l') léger,

qui prend sa conversation dans la gazette, Conv. ch. a, p. 60—1.

Essaims (les) sortis des ruches; moyen de les retenir, G. de V. l. IV, p. 313—4, not. p. 362—5.

Etampes (Vers à M. le marquis d'), P. f. p. 268-71, 357-9

Etangs (les) doivent être ornés et peuplés, Jard. ch. III. p. 124.

Eté (l'); désastres qu'il cause, G. de V. l. 1, p. 83-4; pourquoi il plaît, l'H. des Ch. ch. 1, p. 36-7.

Euryale vainqueur à la course, En. l. v, p. 169; veut accompagner Nisus, l. IX, p. 251; recommande sa mère à Ascagne, p. 259; il part, p. 261; immole plusieurs guerriers dans le

mentations, après avoir entendu l'arrêt du Très-Haut, l. xi, p. 281-3; préparée, pendant le récit de Michel, par des songes agréables, au malheur qui la menace, elle se ré-

veille, et fait part à son époux de sa résignation, l. xii, p. 346—8.

Exposition; beauté de celle de l'Enéide. En. l. i, not. p. 140 —2.

F.

Fabriques (les), admises, mais sans prodigalité ni confusion, Jard. ch. iv, p. 140.

Faucon (le) devenu notre esclave, 3 R. ch. viii, p. 250, not. p. 278.

Femme de ménage (la); ses occupations, ses jouissances, l'H. des Ch. ch. ii, p. 82—4.

Femmes(les); leurs différens caractères, leur influence, leur éloge; elles ont l'em-

pire de la conversation, Conv. ch. ii, p. 170—6; leur courageuse humanité, Pit. ch. ii, p. 68-9; doivent admirer la nature et ses merveilles, mais sans entrer dans le domaine de la science, 3 R. ch. iv, p 257—62; leur héroïsme pendant la terreur, Pit. ch. iii, p. 122—7, not. p. 224—9.

Ferme placée dans un jardin; il faut en bannir le luxe, et ne

G.

H.

ce de l'immortalité, 3 R. ch. viii, p. 258–67, not. p. 276—7.

Homme des Champs (l'); réponse aux critiques de ce poëme, Jard. préf. p. xxi, xxx; plan du poëme, l'H. des Ch. préf. p. xxii—vii.

Hopitaux élevés et perfectionnés par la pitié pour les malades, les enfants trouvés, les vieux militaires, Pit. ch. ii, p. 65—71.

Horace; passages imités de ce poëte, l'H. des Ch. ch. i, not. p. 173, ch. iv, p. 161, not. p. 246—8.

Horreur; elle est excitée par le spectacle du carnage, par les grandes catastrophes physiques, surtout par les crimes des hommes, Im. ch. iii, a. p. 205, b. p. 195.

Houdetot (Mad. d'); vers pour son jardin, P. f. p 263—4.

Howard, consolateur des prisons, Pit. ch. ii, p. 63, not. p. 85—92.

Huber, naturaliste aveugle; ses observations sur les abeilles, 3 R. ch. vii, p. 163, not. p. 217.

I.

Iapis secourt Enée et reconnaît que ce n'est point son art qui le guérit, En. l. xii, p. 317—21.

Iarbe; ses plaintes à Jupiter, En. l. iv, p. 31.

Idées innées (les); probabilité de leur exis-

J.

Iris pour engager les les Troyennes à brûler les vaisseaux, En. l. v, p. 195; envoie Alecton pour semer la discorde, l. vii, p. 41; ouvre les portes du temple de Janus, p. 69; impute à Enée ses propres malheurs, et justifie Turnus, l. x, p. 15 — 9; obtient de Jupiter de prolonger les jours de Turnus, p. 75; engage Juturne, sœur de Turnus, à secourir son frère, l. xii, p. 289 -91.

Jupiter annonce à Vénus les triomphes d'Enée, et la puissance des Romains, En. l. i, p. 87-91; envoie Mercure vers Enée, l. iv, p. 33; recommande aux Dieux de ne pas intervenir dans la guer-

re d'Italie, l. x, p. 9 — 21; exige que Junon cesse de protéger Turnus, et lui annonce que les descendans des Troyens l'adoreront, l. xii, p. 359-63.

Jussieu (Bernard de); ses opinions sur les empreintes de fougères, l'H. des Ch. ch. iii, not. p. 198- —200; sur les polypiers, p. 213; sa science, sa pénétration, p. 125, not. p. 221, 3 R. ch. vi, p. 70, not. p. 114.

Jussieu (Antoine-Laur. de), successeur de Bernard, 3 R. ch. vi, p. 70, not. p. 114.

Juturne, sœur de Turnus, sous les traits de Camerte, reproche aux Latins de laisser Turnus s'exposer seul, En. l. xii, p. 299—301;

fait tomber l'écuyer de son frère, le remplace, et évite le combat, p. 325 —7; veut empêcher Turnus de secourir

Laurente, p. 341-3; son désespoir en voyant Turnus exposé et dévoué à la mort, p. 367.

K.

Kanguroo (le); son organisation, 3 R. ch. VII, p. 146, not. p. 199—200.

Kant; sa distinction entre les différentes idées innées, Im.

ch. I, not. b. p. 104.

Kensington; affluence et diversité des promeneurs, dans ce parc, Jard. ch. II, p. 98—101.

L.

Laboureur (le) ; ses soins pour favoriser les moissons, G. de V. l. 1, p. 63; ses outils, p. 69 ; ses occupations pendant l'hiver, p. 81—3; peinture de son bonheur, l. II, p. 177-87.

Lacretelle (Vers à M.

Ch. de), P. f. p. 267.

Lafontaine ; caractère de ses fables, Im. ch. V , a. p. 33 , b. p. 32.

Laharpe injuste envers Virgile, En. Préf. p. 20—1, 29, 53, l. XII. not. p. 381.

Lamballe (la princesse

Louis XVIII, enthousiasme que fait naître sa présence à l'armée de Condé, Pit. ch. iv, p. 153.

Lucrèce ; causes des défauts et des beautés de son poëme, 3 R. Préf. p. 13–20.

Lumière (la) ; lois et effets de sa réflexion et de sa réfraction ; 3 R. ch. i, p. 43–4, not. p. 73 et suiv.

Lune (la) règle aussi les époques des travaux champêtres, G. de V. l. i, p. 79–81.

Luxe (le) ; combien ses excès sont ridicules et nuisibles, P. f. p. 207 et suiv.

Lyonnet ; ses travaux, ses talents et sa bouté, 3 R. ch. viii, p. 256, not. p. 279 –80.

M.

Macquer, célèbre chimiste, 3 R. ch. iv, p. 253, not. p. 296 –7.

Madame relâchée par les bourreaux de sa famille, Pit. ch. iii, p. 119–22.

Magnétisme (le), source de beaucoup d'illusions et de jouissances, Imag. ch. ii, a. p. 130, b. p. 130 ;

il reparaît avec de nouveaux avantages, not. b. p. 188.

Magus tué par Enée, En. l. x, p. 63–5.

Maillé (mademoiselle de) s'immole pour sa belle-sœur, Pit. ch. iii, not. p. 224.

Maintenon (madame de) ; anecdote qui lui est attribuée, Imag. ch. ii, a. p.

jugement sur sa conduite politique, not. a. p. 56, b. p. 55; soins de ses filles pour lui, Pit. ch. 1, p. 46, not. p. 180.

Mirabeau n'a mérité ni le Panthéon, ni les Gémonies, Im. ch. III, not. a. p. 229, b. p. 216.

Misène; Enée lui fait rendre les derniers honneurs, En. l. VI, p. 269-75; cap nommé d'après lui; 3 R. ch. II, p. 121, not. p. 170—1.

Mnesthée chargé avec Séreste du commandement en l'absence d'Enée, En. l. IX, p. 247; ranime les Troyens, lutte avec Turnus et contribue à le chasser du camp, p. 313-5.

Modestie (Portrait de la); Conv. ch. III, p. 164-6, not. p. 241-4.

Molé (Ode au 1er. président), P. f. p. 149 -51.

Molière; mérite particulier de ses comédies, Im. ch. V, a. p. 27, b. p. 25.

Mollusques(les)et zoophytes lumineux, 3 R. ch. VII, p. 148, not. p. 202-3.

Moloch; son portrait, son discours respirant la vengeance, Par. p. l. II, p. 100—3.

Monarchie (la); ses avantages sur la république, Im. ch. I, a. p. 64, b. p. 69.

Montaigne; qualités qui le font aimer constamment, Im. ch. VI, a. p. 114, b. p. 119.

Montagnes (les); quels phénomènes, quels effets elles présentent, l'H. des Ch. ch. III, p. 120—3,

N.

. chanter, 3 R. ch. 1,
p. 58–9.
Naturel (le), sûr mo-
yen de plaire, Conv.
ch. 11, p. 99–100,
not. p. 217–8.
Nautile (le); méca-
nisme à l'aide duquel
il marche, l'H. des
Ch. ch. 111, not. p.
229–30.
Necker, victime de l'in-
constance de la fa-
veur populaire, Im.
ch. vi, a. p. 110, b.
p. 116.
Neptune calme une
tempête, En. l. 1, p.
73–7; promet à Vé-
nus de favoriser la
navigation d'Enée,
En. l. v, p. 213—
5.
Newton décompose la
lumière à l'aide du
prisme, 3 R, ch. 1,
p. 44-5, not. p. 80-
4; ch. iv, p. 247,
not. p. 293; devine
la nature du dia-

mant, p. 257, not.
p. 298; fut égale-
ment enfant de l'i-
magination, Im. ch.
v, a. p. 47, b. p
44.
Nice; charme de ses
environs, Jard. ch.
11, p. 93.
Nisus; sa ruse pour
faire triompher Eu-
ryale, En. l. v, p.
169; communique à
Euryale son pro-
jet d'aller prévenir
Enée de l'attaque du
camp, l. ix, p. 247-
51; part avec Eu-
ryale, p. 261; fait
un grand carnage
dans le camp de Tur-
nus, p. 263; s'aper-
coit qu'il s'est sépa-
ré d'Euryale, p.271;
perce de ses traits
plusieurs Latins, p.
273; est tué, p. 275.
Noirs (les); la Pitié
parle aussi en leur
faveur, mais sans ex-

O.

P.

S.

T.

U.

V.

W.

FIN DE LA TABLE.

LIBRAIRIE DE L. G. MICHAUD,

ÉDITEUR DES OEUVRES DE DELILLE, DE DUREAU DE
LAMALLE, DE LA BIOGRAPHIE UNIVERSELLE, etc.

BIOGRAPHIE UNIVERSELLE,
ANCIENNE ET MODERNE,

Ou HISTOIRE, par ordre alphabétique, de la vie
publique et privée de tous les hommes qui se
sont distingués par leurs écrits, leurs actions,
leurs talents, leurs vertus ou leurs crimes, ou-
vrage entièrement neuf, rédigé et signé par
MM. Artaud, Auger, Barante (de), Beauchamp,
Brnardi, de Bertrand-Molleville, Biot, Bois-
sonade, Catteau-Caleville, Clavier, Cuvier,
Delambre, D. sports Féletz Fiévée, Ginguené,
Grosier, Guizot, Lacretelle, de Lally-Tolendal,
Landon, Langlès, La alle, Malte-Brun. Michaud,
Millin, Noël, Petit-Thouars (du), Quatremère-
de-Quincy, Rossel (de), Salabery (de). Sismondi,
Suard, Tabaraud, Treneuil Vanderbourg,
Visconti, Weiss, et autres gens de lettres et
savants. ONZIEME LIVRAISON, composée
des tomes XXI et XXII.

Sur papier carré fin, de 14 f et 19 f. *franc de port par la poste*
——— grand - raisin fin : 24 et 30 *idem.*
——— vélin superfin : 48 et 53 *idem.*

Il a été tiré un seul exemplaire sur peau vélin, avec fig. Prix : 600 fr. le volume.

Chacune des dix livraisons publiées est du même prix; elles forment 20 vol. in-8 . et la douzième, composée des tomes XXIII et XXIV, paraîtra en mai 1819; les autres se succéderont avec exactitude. L'ouvrage entier sera composé de dix-huit livraisons, ou trente-six volumes

On peut joindre à chaque volume un cahier d'environ 50 portraits au trait, dont le prix est de 3 fr. pour le papier ordinaire; 4 fr. pour le papier grand raisin, et 6 fr. pour le vélin.

Le succès que cet ouvrage, commencé depuis plusieurs années, a obtenu, et le nom de ses auteurs, nous dispensent d'en parler plus au long. Il est aujourd'hui reconnu qu'aucun Dictionnaire historique n'a été fait avec plus de soins : ce qui le démontre le mieux, c'est qu'arrivée aux deux tiers de son exécution, cette entreprise a été imitée ou traduite dans presque toutes les langues de l'Europe.

BIOGRAPHIE DES HOMMES VIVANTS, ou
Histoire, par ordre alphabétique, de tous les Hommes encore vivants.

Qui ont marqué à la fin du 18e. siècle et au commencement de celui-ci, dans toutes les contrées et principalement en France, par leurs écrits, leurs rang, leurs emplois, leurs talents, leurs malheurs, leurs crimes; et où tous les faits qui les concernent sont rapportés de la manière la plus impartiale et la plus authentique ; ouvrage entièrement neuf, et où l'on n'a admis aucun article d'hommes morts, afin qu'il fût un complément naturel et sans double emploi de la *Biographie universelle*, annoncée ci-dessus, comme de tous les Dictionnaires historiques et et biographiques,

PREMIERE LIVRAISON , composée des tomes I et II.

Sur papier carré fin , de 14 f. et 19 f· *franc de port par la poste.*
—— grand - raisin fin : 24   et 30   *idem.*
—— vélin superfin :   48   et 53   *idem.*

DEUXIEME LIVRAISON, composée du tome III , 7 fr. sur papier carré, 12 fr. grand raisin, et 24 fr. vélin.

TROISIEME ET DERNIÈRE LIVRAISON , composée des tomes IV et V, du même prix que la première pour les divers papiers.

Le prix de l'ouvrage entier, composé de cinq volumes, est de 35 fr. pour le papier carré, 60 f. pour le papier gr. raisin fin, et de 120 fr. pour le vélin gr. raisin broché en carton avec les portraits.

Le prix des portraits que l'on peut réunir à chaque volume de la *Biographie des hommes vivants*, au nombre de 20 environ , est le même que pour la *Biog. universelle*, c'est-à-dire, de 3 fr. par volume sur le papier carré, 4 fr. sur le papier grand raisin , et 5 fr. sur le vélin.

ŒUVRES DE J. DELILLE.

BROCHÉS. fr. c

In-18. 16 vol. pap. fin, gr.-raisin, 30 fig. avec la Table. 53 »

In-8º. { 16 vol. pap. fin, gr.-raisin, 32 fig. . . id. . . 100 »
       { 16 —— Vélin superfin, 47 fig. broc en cart. id. 240 »

In-4º. 16 vol. pap. vél. superf. 50 fig. broc. en cart. id. 1000 »

On vend séparément tous les ouvrages de la collection, savoir :

POÉSIES FUGITIVES de J. DELILLE, nouv. édition, augmentée d'un grand nombre de pièces inédites, suivie du *Dithyrambe sur l'Immortalité de l'ame.*

In-18. papier fin grand-raisin, 2 fig. . . . . . . 4 f. »
—————— vélin sup. br. en cart. 2 fig. . . . . 8 -
—————— carré commun. . . . . . . 2 »
In-8º. papier fin grand-raisin, 3 fig. . . . . . 7 »
—————— vélin sup., br. en cart. 3 fig. . . . . 15 »
In-4º. pap. vél. sup. gr.-jésus, 2 fig. br. en cart.. . 60 *

LA CONVERSATION, poëme en trois chants.

In-18. papier fin grand-raisin, 1 fig. . . . . . . 3 fr.
—————— Le même sur papier fin, 3 fig. . . . . 4 »
—————— vélin superfin, br. en carton, 3 fig. . . . 7 »
In-8º. papier fin grand-raisin, 3 fig. . . . . . . 6 »
—————— vélin superfin, br. en carton. . . . . . . 12 »
In-4º. grand-jésus vélin, 3 fig. . . . . 50 »

LES TROIS RÈGNES DE LA NATURE, poëme en huit chants. Deux volumes.

In-18. papier fin grand-raisin, 2 fig. . . . . 7 f. »
—————— vélin superfin, br. en cart. 4 fig. . . . 15 »
—————— carré commun.. . . . . 3 50
In-8º. papier fin grand-raisin, 4 fig. . . . . . . 12 »
—————— vélin superfin br. en cart. 2 fig . . . 28 »
In-4º. vélin grand-jésus superfin, br. en carton. . . 120

L'IMAGINATION, poëme en VIII chants, accompagné de notes historiques et litt. DEUXIÈME ÉDITION, revue, corrigée et augmentée. Paris, 1817.—Deux volumes.

In-18. papier fin grand-raisin, 2 fig. . . . . . 7 f »
—————— vélin superfin, br. en cart. 4 fig. . . . 15 »
—————— carré commun. 3 50
In-8º. papier fin grand-raisin, 4 fig. . . . . . . 16 »
—————— vélin superfin, br. en cart. 2 fig. . . . 30 »
In-4º. vélin sup. grand-jésus, br. en cart. 2 fig. . . . 120 »

LES JARDINS, ou L'ART D'EMBELLIR LES PAYSAGES, poëme en 4 chants, NOUVELLE ÉDITION, revue, corrigée et augmentée.

In-18. papier fin grand-raisin, 4 fig. . . . . 3 f. 50
———— carré commun. 1 80
———— vélin superfin, br. en cart. 4 fig. . . 7 »
In-8°. papier fin grand-raisin, 1 fig. . . . . . . 4 »
———— vélin superfin, br. en cart. 1 fig. . . . 9 »
In-4°. papier vélin grand-jésus, 4 figures. . . . . . 50 »

L'HOMME DES CHAMPS, ou LES GÉORGIQUES FRAN-CAISES, poëme en 4 chants.

In-18. papier fin grand-raisin, 4 fig. . . . . 3 f. 50
———— Le même, 1 fig. 2 50
———— carré commun. 1 80
———— vélin superfin, br. en cart. 4 fig. . . . . . 8 »
In-8°. papier fin grand-raisin, 4 fig . . . . . . 6 »
———— vélin superfin, br. en cart. 3 fig. . . . 20 »
In-4°. papier vélin sup. gr.-jésus, br. en cart., 4 fig. 50 »

LA PITIÉ, poëme par J. DELILLE, seconde édition, revue, corrigée et augmentée de plusieurs morceaux supprimés par la censure dans l'édition précédente.

Vol. in-18 papier grand-raisin, fin, avec fig. . . . 3 f 50
———— In-8°. papier fin grand-raisin fin, 4 fig. . . . . 6 »
———— vélin superfin, br. en cart., 6 fig. . . . . . 15 »
In-4°. papier vélin sup. grand-jésus, 5 fig. br. en cart. 60 »

LE PARADIS PERDU DE MILTON, en vers français.

In-18, sans le texte.

2 Vol. grand-raisin, 2 fig. . . . . 7 »
— Carré sans fig . . . . 3 f. 50

In-4°., avec le texte.

Papier vélin sup. grand-jésus, br. en cart. 3 fig. . 200 »

LES GÉORGIQUES DE VIRGILE, traduites en vers français.

In-18, papier grand-raisin, 1 fig. . . . . . . 3 f. 50
———— vélin superfin, br. en cart. 5 fig. . . 9 »
———— carré commun avec le texte latin et les notes. 1 80
In-8°. papier fin grand-raisin, 1 fig. . . . . 7 »
———— vélin superfin cart. 5 fig. . . . 18 »
In-4°. papier vélin sup. grand-jésus, 4 fig. . . 100 »

L'ÉNÉIDE, trad. en vers français, par J. DELILLE, avec des remarques sur les beautés du texte par le même et par J. MICHAUD, seconde édition revue , corrigée et augmentée des variantes, etc.

In-18, avec le texte, 4 vol.

Papier carré	7 f. »
——— grand-raisin.	14 »
——— sup. vélin, br. en cart. fig.	30 »

In-8o., avec le texte, 4 vol.

Papier grand-raisin fin, 4 fig.	24 f. »
———vélin superfin, br. en cart. 4 fig.	50 »

In-4o., avec le texte, 4 gros vol.

Papier vélin superfin grand-jésus, br. en cart. 16 fig.   240 •

TABLE ALPHABÉTIQUE , RAISONNÉE ET ANALYTIQUE, DES OEUVRES DE J. DELILLE , vol. in-8o. grand raisin fin 1 fr. 50 c., in-8o. vélin 3 fr., grand raisin in-18 1 fr. 50 c., in-18 vélin 2 fr. 50.

BUCOLIQUES (les) en vers français, par le che-valier DE LANGEAC, précédées de la vie du poète latin, et accompagnées de remarques sur les beautés du texte, par J. MICHAUD, pour com-pléter la traduction poétique des OEuvres de Virgile.

In-18, papier fin grand-raisin , 1 fig. . .	3 f. 50	
——— vél. superf. broc. en cart. 1 fig. .	7	»
— carré commun (à l'usage des écoles).	1	80
In-8o. papier fin grand raisin, 11 fig. .	8	»
— vél. superf. broc. en cart. 11 fig.	15	»
In-4o. papier vélin superfin grand-jésus , broché ou cartonné, 10 fig. et 10 culs-de-lampe.	100	»

OEuvres de Dureau de Lamalle.

LES OEUVRES DE SALLUSTE, traduction nouvelle, contenant le texte latin en regard, les harangues et lettres politiques, avec des notes du traducteur; la vie de Salluste par le président de Brosses, etc., *deuxième édition*, revue et corrigée; 1 vol. in-8°., 6 fr.; pap. vélin, cart., 12 fr.; et en 2 vol. in-12, 5 fr.

OEUVRES DE TITE-LIVE, trad. en français, par le même, et par M. Noël, conseiller de l'Université.

Première décade, 4 vol. in-8°., avec le texte latin en regard et une carte de l'empire Romain : 24 fr.; pap. vélin, 48 fr. — Seconde et troisième décades, 6 vol. Prix, pap. ordinaire : 36 fr.; pap. vélin, 72 fr. — Quatrième décade, en 3 vol., pap. ord.; prix : 18 fr.; pap vélin, 36 fr. — La quatrième et dernière livraison, composée de deux volumes, contenant la fin du texte, et de la traduction de Tite-Live, avec une table générale, prix : 12 fr.; pap. vélin, 24 fr. Le prix de l'ouvrage complet, composé de 15 vol., est de 120 fr., et 180 fr. sur pap. vélin.

OEUVRES COMPLÈTES DE TACITE, traduites par le même, avec le texte latin en regard; les Suppléments de Brotier, traduits par Dotteville, et revus par M. Dureau de Lamalle fils : *troisième édition*, revue, corrigée et soignée par le fils de l'auteur. 6 vol. in-8°., avec les suppléments de Brottier, une carte de l'empire romain. Prix : 36 fr.

L'ARGONAUTIQUE DE VALERIUS FLACCUS, traduction en vers français; avec des notes et variantes, le texte latin en regard, 3 vol. in-8°. : 18 fr.

OEuvres de de Saintange.

LES MÉTAMORPHOSES D'OVIDE, traduites en vers, avec le texte; *troisième édition*, revue, corrigée et augmentée de remarques; 4 vol. in-12, pap. fin : 12 fr.

L'ART D'AIMER D'OVIDE, traduit en vers, avec le texte et des remarques; un vol. in-12, p. fin av. fig. : 3 f.

LE REMÈDE D'AMOUR, poëme, suivi de *l'Héroïde de Sapho à Phaon*, et d'un choix de quelques Élégies d'Ovide, traduit en vers français, par le même; Paris, 1811; 1 vol. in-12, papier fin : 2 fr. 50 cent.

LES FASTES, par le même, *seconde édition*, en un vol. in-12, 3 fr. 60 c.

OEuvres de Ginguené.

HISTOIRE LITTÉRAIRE D'ITALIE.

La 1re. livraison, 3 vol. in-8. Prix. . 18 fr.

2e. livraison, 2 vol. in-8 12
3e. livraison, 1 vol. in-8. 6
4e. et dernière livraison, 3 vol. in-8., imprimés par les soins de MM. Daunou, Amauri Duval et Salfi, 20 fr. Le prix de l'ouvrage entier composé de 9 vol est de 56 fr.

LES NOCES DE THÉTIS ET DE PÉLÉE, poëme de Catulle, traduit en vers français, par GINGUENÉ, 1 vol. grand in-18, avec le texte latin en regard. Paris, 1812. Prix, 2 fr. 50 c.

FABLES NOUVELLES, 1 vol. grand in-18, Paris, 1811 : 2 fr. 50 c.

FABLES INÉDITES, servant de supplément au recueil du même auteur, imprimé en 1811, et suivies de quelques autres poésies, entre autres LA CONFESSION DE ZULMÉ, le poëme d'ADONIS, etc. : 3 fr.

OEuvres de Bertrand-Molleville, ancien mi- de Louis XVI.

HISTOIRE DE LA RÉVOLUTION DE FRANCE,
14 vol. in-8°. papier grand raisin, Prix, 80 fr. Papier vél. gr.-raisin., 180 fr.

Il y a quelques exemplaires de la 2e. et de la 3e. partie qui peuvent se vendre séparément.

MÉMOIRES PARTICULIERS *pour servir à l'His-toire de la fin du règne de Louis XVI*; avec cette épigraphe : *Quæquæ ipse miserrima vidi et quo-rum pars....* 2 vol. in-8°. Paris, 1816. Prix : 12 f. ; papier vélin, brochés en carton, 30 f.

HISTOIRE D'ANGLETERRE, *depuis la première invasion des Romains jusqu'à la paix de 1763*, avec des tables généalogiques et politiques.

6 Vol. in-8°., papier carré fin. . . 36 f.
vélin, cart. . 80

M. de Bertrand-Moleville avait d'abord publié cette Histoire en anglais, à Londres, où elle a eu beaucoup de succès ; et il la traduite ...... lui-même dans sa propre langue. C'est peut-être, dans la littérature, le premier exemple de ce genre ; et l'on ne peut douter que ce ne soit une présomption favo-rable pour la traduction française, qui ne peut être ainsi qu'un perfectionnement de l'édition originale.

OEuvres de M. J. Berchoux.

GASTRONOMIE (la), ou l'*Homme des Champs à table*, poëme en 4 chants, suivi de Poésies fugi-tives. QUATRIÈME ÉDITION, revue, corrigée et aug-mentée. Vol. in-18, orné de jolies figures.

Papier carré de Limoges. . . . . 1 fr. 80 c.
———— Vél. gr.-raisin superfin, br. en
cart., 4 fig. . . . . 6 .

DANSE (la), ou *les Dieux de l'Opéra*, poëme héroï-comique en 6 chants, 2e. ÉDITION, revue et corrigée.

Vol. in-18, pap. fin, grand-raisin, fig. . . . . 3 fr.
———— Vélin superfin, br. en cart., fig. . . . 6
———— Le même, sat. et cart., fig. av. la lettre. 8

PHILOSOPHE (le) DE CHARENTON, roman original. Vol. in-18, papier grand-raisin : 1 fr. 80 c.

VOLTAIRE, ou *le Triomphe de la Philosophie moderne*, poëme en huit chants et en vers, avec un épilogue suivi de diverses pièces en vers et en prose, seconde édition, revue, corrigée et augmentée ; Pa-ris, 1817, vol. in-8°.; prix : 5 fr.

Œuvres de Mme. Cottin.

ÉLISABETH ou *les Exilés de Sibérie*, roman suivi de la *Prise de Jéricho*, poëme. — 2e. édition revue, corrigée et augmentée de notes, avec une Notice historique sur l'auteur. — 1 vol. in-12 : 1 fr. 25 c.

AMÉLIE-MANSFIELD, troisième édition, revue et corrigée. — 3 vol. in-12 : 4 fr.

CLAIRE D'ALBE, in-12, deuxième édition, revue et corrigée : 1 fr. 25 c.

MALVINA, 3e. édition, revue et corrigée. — 3 vol. in-12 : 4 fr.

MATHILDE, mémoires tirés de l'histoire des croisades, deuxième édition, revue et corrigée; 4 vol. in-12 : 6 fr.

———

ABREGÉ *de Grammaire française*, par M. E. Jacquemard; vol. in-12, br. Paris, 1811. Prix : 2 fr. 50 c. — Le même, in-4°., pap. fin, grand-raisin : 6 fr.

ADIEUX A BUONAPARTE (les), par M. Michaud, de l'académie française, réimprimés sur l'édition qui parut en 1800. Vol. in-18, grand papier. Prix : 2 f. 50 c. et 3 fr., franc de port.

APPEL AU TRIBUNAL DE L'OPINION PUBLIQUE, ou *Recueil des Jugements et autres Pièces officielles*, relatives au procès entre M. Jaquinot de Pampelune, procureur du Roi au tribunal de première instance de Paris, et l'abbé Vinson; à l'occasion d'un ouvrage intitulé : *Le Concordat expliqué au Roi.* Vol. in-8°.; prix : 2 fr. 50 c.

APERÇU DES ÉTATS-UNIS au commencement du XIXe. siècle, depuis 1800 jusqu'en 1810, avec des tables statistiques et une carte de cette contrée; par le chevalier Felix de Beaujour, ancien envoyé de France dans cette contrée, Paris, 1814; 1 vol. in-8°. 6 fr.

ASSEMBLÉES REPRÉSENTATIVES (des), par l'auteur des *Considérations sur une année de l'histoire de France* (M. DE FRENILLY). Vol. in-8°., Paris, novembre, 1816. Prix : 3 f.

ANALYSE D'UN COURS DU DOCTEUR GALL, ou PHYSIOLOGIE ET ANATOMIE DU CERVEAU, d'après son système; un vol. in-8. Paris, 1808 : 3 fr.

CHEVALIER (le) ROBERT ou *Histoire de Robert, surnommé le Brave*, dernier ouvrage posthume du comte de TRESSAN. — 2e. édit. revue et augmentée de morceaux inédits.—Vol. in-8, fig. *faisant le treizième des œuvres de cet auteur* : 3 fr.

CONSIDÉRATIONS SUR UNE ANNÉE DE L'HIS-TOIRE DE FRANCE. Vol. in-8°., 1815; par M. DE FRENILLY. Prix : 3 fr.

CONSULTATIONS DE MÉDECINE, de P.-J. BARTHEZ; 2 vol. in-8. Paris, 1810. Prix : 9 fr.

CORRESPONDANCE ORIGINALE ET INÉDITE DE J.-J. ROUSSEAU, avec Mme. Latour de Franqueville et M. du Peyrou, pour faire suite aux diverses éditions des OEuvres de cet auteur. Paris, 1804 :

In-8°. sur pap. carré fin, 2 vol. . . . . . . 9 fr.
——— vélin, br. 18
In-18. papier gr.-raisin fin, 3 vol. 7

Cet ouvrage posthume complète toutes les Editions des *OEuvres de Rousseau* in-18 et in-8°.

THÉORIE DES RÉVOLUTIONS, *rapprochée des principaux événements qui en ont été l'origine, le développement ou la suite*; par M. le comte FERRAND, pair de France, ministre-d'état, etc., 4 vol. in-8°. Prix : 24 fr.; papier vélin, 45 fr. — Le succès qu'ont obtenu les différentes éditions de l'*Esprit de l'Histoire*, annonce assez favorablement un ouvrage écrit par le même auteur sur la même matière.

DE L'IMPRIMERIE D'EVERAT, RUE DU CADRAN, N°. 16.